우리가 진심으로 엮일 때

우리가
진심으로 엮일 때

이
현
수
소
설

문학동네

차례

리플리
부인

내가 캐리어를 끌고 매장으로 들어섰을 때 선임자는 가벼운 눈인사조차 생략한 채 비품실을 드나들며 제 물건을 챙기느라 부산했다. 나는 블랙 & 화이트 콘셉트로 꾸민 매장 인테리어에 압도당한 나머지 얼빠진 표정을 짓고 있었다. 반짝거리는 대리석 바닥이며 계산대 하부를 은은하게 물들이는 간접조명, 천장에 일정한 간격으로 설치한 멀티 매입등을 훑어보며 캐리어 하나만 달랑 끌고 내려온 자신을 책망했다. 중소도시 의류매장이라고 은연중에 무시했던 게 아닌가. 하지만 사전에 준비한다고 달라질 게 뭐가 있나. 중간관리자가 하는 일은 빤하지 않나, 라는 생각이 들 무렵 선임자가 보스턴 가방과 커다란 종이 백을 양손에 하나씩 움켜쥐고 매장으로 나왔다.

"비품실은 여기고요, 옆은 피팅 룸이에요."

선임자가 턱짓으로 가리켰다. 조도 높은 조명 아래서 일한 탓인지 선임자는 겉늙고 피로해 보였다. 수분기 없는 얼굴에 화장이 짙어 눈가의 주름이 실금처럼 드러났다. 그래봤자 서른 중반, 또래일 텐데 은근히 날 깔아뭉갰다. 나는 강남 백화점의 중간관리자였다. 이력도 화려하고 꿀릴 게 없는데. 선임자의 태도가 거슬렸으나 빠르게 표정을 고쳤다. 어쨌든 좋은 게 좋은 거니까.

인수인계를 하는 데 걸린 시간은 이십 분 남짓이나 될까. 지방에 있는 매장이라 그런지 약속 관리 대장 같은 것도 없었다. 그 점 하나는 편하지 싶었다. 뭐랄까, 흐리터분한 곳일수록 시원시원한 반면 빈틈이 많으니까. 그 틈을 미리 찜한 심정으로 느긋하게 서 있는데 선임자가 매장에 세워둔 내 캐리어를 가리켰다.

"저건 걸리적거리지 않게 계산대 옆에 두면 돼요."

"아…… 그런데 다른 직원은요?"

선임자가 묘한 미소를 지었다. 우월한 위치를 선점한 자들이 그러듯 일 티스푼만큼의 선의와 한줌가량의 비웃음을 곁들인 미소. 껄끄러운 그 미소가 선임자의 얼굴 전면에 번지는 걸 나는 멍청히 쳐다볼 수밖에 없었다.

"이런, 중간관리자로 잘못 알고 오셨구나. 여기 사장은 사람을 구할 때 항상 그런 식으로 부풀려요. 나도 거기 낚여 왔는데 완전 사기예요."

"……?"

"직원은 그쪽이 전부라는 뜻. 바쁠 땐 알바를 쓰지만 그건 드문 일이죠."

선임자가 날 깔아뭉갠 이유가 그거였다. 중간관리자라는 말은 허울일 뿐 청소와 판매, 매장 관리를 혼자서 한다는 얘기였다. 놀이공원에서 자이로드롭을 탄 기분이었다. 전기모터의 힘으로 까마득히 높은 곳까지 올라갔다가 무시무시한 속도로 바닥에 내리꽂히는 느낌. 판매직원으로 사회에 첫발을 내디뎠을 때처럼 대걸레로 바닥을 닦고 유리창을 반짝반짝하게 문질러야 한다니. 한편으론 숙식 제공이 어딘가, 어차피 많은 걸 바라고 내려온 게 아니었잖아, 하는 생각도 들었다. 창문 없는 백화점이 숨막혀 내려왔으니 숨 트일 여지만 준다면 청소보다 더한 것도 할 수 있다는 생각이 꺾인 무릎을 일으켜세웠다.

그즈음 나는 지쳐 있었다. 폐점 시간을 알리는 음악이 백화점에 울려퍼지면 부은 다리를 두드리며 자괴감에 빠졌다. 신촌의 중저가 의류매장에서 시작해 고급 브랜드를 상시 세일하던 문정동 로데오거리와 명동, 부티크라 일컬어지는 신사동의 디자이너 브랜드를 거쳐 강남 백화점의 중간관리자로 올라오는 데 꼬박 십이 년이 걸렸다. 빠르지도 늦지도 않은 시간이었으나 나름 힘들었다.

백화점 직원은 일종의 미적 노동자였다. 자기가 판매하는 브랜드에 맞는 외형을 갖춰야 한다. 회사가 헤어스타일은 물론 매니큐

어와 신발, 옷차림, 자세까지 규정한다. 많은 시간을 투자하여 아름답게 단장하고 번쩍이는 신상 앞에 서 있지만 우리는 매장에 앉을 권리, 물 한 잔을 마실 권리조차 없다. CCTV들로 촘촘히 짜인 감시망 때문이다. 동료와 일상적인 대화를 나누는 것조차 금지된 현장에 종일 서 있으면 마네킹과 다름없다는 생각이 들었다.

밤이면 만성 하지정맥류 증상에 시달렸다. 쥐가 난 다리를 부여잡고 불면의 밤을 보낼 때는 미래에 갖게 될 내 매장을 생각했다. 강남까진 바라지 못하겠지만 강북에 깔끔한 의류매장을 오픈할 수 있다면 까짓 고통쯤 못 참을 것도 없었다. 한데 일을 하면 빚이 늘었다. 백화점 영업총괄팀은 날마다 직원들을 기름틀에 쥐어짰다. 직급이 오를수록 세일즈 매니저는 점점 많은 매출을 요구했다. 월급을 들이밀고 카드 대출을 받으며 버티다가 결국 집을 옮겼다. 그러고도 작은언니에게 이천만원을 빌렸다.

"너 또 이사했구나."

밑반찬을 가져온 작은언니에게 나는 어렵사리 돈 얘기를 꺼냈다. 엄마와 다름없는 큰언니에겐 비밀로 해달라고 부탁했다. 웬일로 선선히 승낙해주었다. 양심에 찔리는 구석이 있어 평소 사용하지 않던 옷방의 문을 활짝 열어젖혔다. 비닐조차 뜯지 않은 신상을 작은언니에게 보여주며 마음껏 고르라고 했다.

"옴마야, 눈 돌아간다. 이게 전부 말로만 듣던 청담동 며느리룩이니? 미천한 소인이 몸에 걸쳐도 될라나 모르겠다."

"입으라고 만든 옷이야. 입어."

"당최 손이 떨려 단추가 채워지질 않아. 이러다 동티 날까 두려워."

작은언니는 신상의 출처를 묻지 않았다. 회사에서 빼돌린 물건으로 착각하는 눈치였다. 백화점이 그리 허술할까. 나도 구구절절 설명하고 싶지 않았다. 신상 중 일부는 작은언니의 이름으로 샀으니 자기 옷을 찾아간 셈이다. 나는 작은언니와 큰언니를 비롯한 가까운 친척과 잔칫날 겨우 만나 인사 정도 나누는 먼 친척의 명의를 동원해 내가 판매하는 옷과 핸드백을 사들였다.

"다 늦게 무슨 호강이라니."

정 힘들면 내다 팔 생각으로 고가의 옷과 핸드백은 옷방에 쌓아두고 풀지 않았다. 그러는 동안에 유행이 지난 중저가의 지질한 의류만 추려내어 두 언니에게 선심 쓰듯 나눠주었다. 작은언니는 횡재한 얼굴로 옷을 골라가더니 곧바로 큰언니에게 일러바쳤다. 자랑하다 걸렸다지만 작은언니는 입이 싼 편이다.

"네 방에 쌓인 옷들, 어디서 났는지 바른대로 말해!"

큰언니가 쳐들어와 눈을 부라리며 을러댔다. 어린 널 맡기고 눈을 감으셨는데 훗날 무슨 낯으로 부모님을 뵙겠냐며 징징거리는 통에 듣고 있던 나도 열이 정수리까지 뻗쳤다.

"죽은 사람이 낯은 무슨 낯!"

"측은해서 오냐오냐 키웠더니."

"아니라고! 내 돈으로 산 옷들이라고! 못 믿겠으면 백화점으로 나와. 판매 대장이랑 영수증 싹 보여줄 테니깐."

바락바락 대들자 이번에는 낭비벽 있는 여자로 나를 몰아세웠다. 막둥이 덕분에 옷은 사지 않는다며 자랑하고 다닌 내가 미친 년이라더니, 사치스런 여자는 가족은 물론 종국에는 남의 집까지 망하게 하더라며 악담을 퍼부었다.

"다리가 붓도록 일하는데도 빚만 일억 오천이야! 그 생각을 하면 자다가도 벌떡 일어나. 나도 알깍쟁이 작은언니의 돈까지 쓸 생각은 없었다고!"

"아이고, 다단계를 뛰는 것도 아니겠고."

코맹맹이 소리를 내며 울먹이는 큰언니를 보자 정신이 들었다. 이게 다단계와 뭐가 다르랴. 그제야 큰언니의 권유대로 빌라 보증금을 빼내어 빚부터 갚았다. 옷방에 쌓인 신상도 알음알음 헐값에 팔아 치운 뒤 계산하니 아직도 빚이 오천만원이나 남아 있었다. 별수없이 큰언니의 집으로 들어갔다. 엄마와 다름없는 큰언니인데도 입주 삼 개월 만에 눈치가 보였다. 기세등등하던 큰언니가 형부와 사돈어른에게 필요 이상으로 굽실거리는 걸 보는 것도 못할 짓이었다. 심지어 나와 같은 방을 쓰는 딸한테도 실실거리며 비굴한 웃음을 던졌다.

"눈에 넣어도 안 아픈 내 조카야. 네가 어려서 가지고 놀던 레고며 그 많던 장난감들 누가 사준 거니? 지금 입고 있는 옷, 대학생 신분에 과한 그 명품은 누가 사준 걸까? 네가 이러면 안 되지."

"막내이모 진짜 치사해."

머리가 굵어졌다고 덤비는 조카보다 절절매는 큰언니가 더 보기 싫었다. 내가 숙식 제공에 목맨 이유는 그 때문이었다.

매장 출입문이 열리더니 사장이 쑥 들어서며 해맑게 웃었다.

"환영해요. 먼길 오느라 피곤하진 않나요?"

"길이 막히지 않아 편하게 내려왔어요."

나는 사장이 올린 구인광고를 보고 이력서를 보냈다. 숙식 제공에 눈이 번쩍 뜨였다. 고단한 몸을 뉠 방 한 칸, 그걸 찾는 게 목표였다. 지방 의류매장은 직원들에게 불합리한 매출 요구를 하지 않는다. 직원들이 빈번하게 들고나기 때문에 오래 붙어 있기만 해도 고마워한다. 두말할 것도 없이 내겐 최적의 장소였다. 한데 사장이 서울에서 면접을 보겠다는 문자를 보냈다. 큰 시혜를 베풀어 직접 찾아와준 것으로 생각했었는데 알고 보니 일하는 날 살펴보려는 거였다. 모피와 란제리, 수입 의류 코너를 지나 내가 일하는 디자이너 숍으로 걸어오는 사장을 쳐다보며 나는 또 시작이구나, 중얼거렸다. 지겨운 생각이 들어서였다. 나는 그녀를 본사에서 보낸 위탁업체 사람으로 착각했다. 손님으로 가장해 불시에 직원을 평가하는 미스터리 쇼퍼mystery shopper일 거라고. 그러다 엉겁결에 치른 면접이어서 그땐 그녀가 이렇게 아름다운 줄 몰랐다. 각종 시술을 받았다고 쳐도 육십오 세라곤 믿기지 않는 비주얼, 훤칠한 키, 저 나이대의 신체에서는 도저히 나올 수 없는 칠 대 삼의 비율. 그녀 옆에 서 있는 오종종한 선임자와는 때깔이 달랐다.

"긴한 일을 보느라 좀 늦었어요. 인수인계는요?"

"네, 잘 마쳤습니다."

선임자가 입을 빼물고 있어 내가 대답했다. 그녀는 여전히 미소를 지은 채 여러모로 부족한 사장을 만나 고생 많았다며, 어딜 가든 여기서 일한 만큼 하면 대접을 받을 거라고 덕담했다. 그때 고개를 바짝 쳐든 선임자가 황새처럼 우아한 그녀 앞으로 한 발짝 다가섰다. 그런 탓에 선임자의 키가 현저히 작아진 것 같았고 목도 짧고 굵게 보였다.

"사장님, 일전에 빌려가신 돈이요."

흥미로운 눈으로 두 사람을 보느라 나는 선임자가 무슨 말을 하는지 몰랐다. 몇 초가 흐른 뒤 상황을 파악했다. 그녀는 몰랐다는 듯 눈을 동그랗게 뜨고 선임자를 내려다봤다.

"아…… 맞다! 칠십만원인가 그렇지."

그녀가 뒷말을 하려고 어……라며 입을 벌리는데 선임자가 말꼬리를 똑 자르며 치고 들어왔다.

"그것 말고도 이십구만원이 더 있잖아요. 그 왜…… 본사 직원 나왔을 때."

그녀는 여전히 해맑게 웃고 있었다.

"잠깐 기다려. 가스레인지에 냄비 올려둔 걸 깜빡했네."

그녀가 매장 안쪽 문으로 바람처럼 사라졌다. 계단을 오르는 그녀의 하이힐 소리가 들리자 선임자가 고개를 내흔들며 구시렁거렸다.

"나이 먹고 고생한다. 맨날 까먹은 척은."

선임자는 일렬로 정렬된 행어 앞으로 다가서더니 회색 울 카디건과 꽃무늬 원피스, 검정 트렌치코트를 와락와락 잡아챘다. 미리 봐둔 듯 색깔을 맞춘 여성복 한 세트였다. 선임자가 옷걸이째 옷을 착착 개켜 종이 백에 넣었을 때 그녀가 돌아왔다.

"지금 가진 게 삼십만원뿐인데."

그녀는 계산대 서랍에서 빠닥빠닥한 오만원권 지폐 여섯 장을 꺼내 보이며 빠르게 말을 덧붙였다.

"나머지 돈은 내일 보낼게. 계좌번호는 전에 그것 맞지?"

선임자가 종이 백을 계산대로 던졌다.

"물건으로 가져갑니다. 입금하면 택배로 보낼게요."

그러곤 방금 집어넣은 옷을 꺼내 목 부분만 보인 뒤 도로 넣으며 불만 없죠, 라는 표정으로 올려다봤다. 그녀가 한마디하면 선임자의 입에서 거친 욕설이 튀어나올 것 같았다. 나는 사태가 커질까봐 조마조마한 심정으로 선임자의 가방을 들고 문밖까지 따라 나갔다. 내가 내민 가방을 받아든 선임자가 매장 안의 그녀를 흘깃거렸다.

"저 여자 조심해요. 내가 이 바닥 생활 구 년짼데, 얼굴에 침 뱉고 뺨을 때리고 몇 년 지난 옷을 가져와 환불해달라는 황당한 고객까지 겪어봤지만 저런 진상은 처음이에요. 병신처럼 당하지 말라고."

그 말을 하곤 선임자가 등을 돌렸다. 나는 허탈한 심사에 휩싸인 채 멀어져가는 선임자를 멀거니 바라보았다.

선임자를 배웅한 뒤 캐리어를 끌고 지하로 내려갔다. 사장이 내가 쓸 방을 보여주었다. 주방에 딸린 방이라곤 해도 붙박이장과 화장대가 있어 생활하는 데 불편한 점은 없을 것 같았다.

"부엌방이라 갑갑할 거야. 그땐 저 안쪽 룸을 거실처럼 사용해도 되고."

"룸이라니요?"

"여기가 노래방이었거든. 조폭 비슷한 양아치가 운영했는데 월세를 제때 주질 않아 문을 닫아버렸어."

조폭이면 조폭, 양아치면 양아치지 조폭 비슷한 양아치는 또 뭔가 싶은데 그녀가 따라와봐, 라고 말하더니 마주 보이는 문을 열었다. 무대가 설치된 커다란 홀과 복도를 따라 줄줄이 이어진 룸이 보였다. 그곳은 노래방이 아니라 아가씨를 불러 술도 마시고 노래도 하는 노래 바였다. 그녀가 주방 냉장고에서 마른안주와 병

맥주를 가져왔다.

"환영회 겸 노래 한 곡씩 부르는 건 어때?"

먼저 선곡을 한 사장이 무대로 나가 노래를 불렀다. 살다 살다 그런 음치는 처음이었다. 그녀는 음악에 관한 기초상식조차 없는 것 같았다. 마이크를 잡은 품으로 봐선 그래도 이곳에 들어와 노래 몇 곡 정도는 불러본 깜냥이다.

"오늘은 첫날이니 매장 마감은 내가 할게. 자기는 노래 몇 곡 더 부르고 나와. 우리 쪽 환영회는 이렇다. 매장 때문에 따로 놀아야 해."

그녀가 매장으로 올라간 뒤 나는 냉장고에서 오래 묵은 차가운 맥주를 홀짝이며 노래를 불렀다. 망한 노래 바에서 홀로 노는 것은 기이한 경험이었으나 쌓인 피로가 조금은 풀리는 듯했다. 눅눅한 안주를 집어먹다가, 내친김에 빠른 곡과 느린 곡을 연달아 불렀다. 더는 재미가 없어서 자리에서 일어나 닫힌 룸의 문을 하나씩 열어보았다. 화려한 꽃무늬 소파와 미러볼, 용도가 폐기된 채 버려진 업소용 반주기와 앰프 따위를 둘러보다 밖으로 나갔다. 나는 목을 길게 빼고 의류매장과 노래 바를 품은 빌딩을 올려다봤다. 검은 인조대리석 빌딩 어디에도 노래 바의 간판은 보이지 않았다. 노래 바 주인이 집기를 놔두고 간판만 떼어간 게 분명했다.

그날 이후 나는 채집한 곤충을 관찰하듯 그녀를 세밀히 살폈다. 이 바닥에서 반백년을 구른 사람답지 않게 순진한 구석도 있었다.

그녀는 노래방과 노래 바를 구별하지 못했다. 밤거리에서 놀아보지 않은 게 틀림없었다. 선임자의 조언처럼 매사 조심할 필요는 없을 듯했다. 돈만 거래하지 않으면 안전할 테니까. 나는 선임자가 지나치게 예민하거나 신경질적인 사람이라고 단정했다.

이곳은 오전 열한시에 오픈하는데 손님이 드는 건 오후 서너시부터였다. 나는 눈을 뜨면 가수면 상태로 앉아 있다가 느릿느릿 세수했다. 커피를 내리고 음악을 들으며 늦은 아침을 먹고도 삼십 분가량 여유가 있었다. 그 시간에 근린공원을 산책하거나 매장 맞은편 가게 아들인 천부마트 기범이와 말 따먹기 놀이를 했다. 그러고 있으면 숨구멍이 트였다. 여기서 몇 년 지내면 사람 꼴이 될 것도 같았다. 손님이 적어 매장 안에서도 노닥거릴 때가 많았으니까.

문제는 그 지점에서 발생했다. 아무리 갑을관계여도 노닥거린다는 것은 말을 주고받는 것인데, 말은 그녀가 하고 나는 줄곧 들었다. 주제를 선점하는 것도 접속사를 나열하며 이야기를 이끄는 것도 그녀여서 낄 틈이 없었다. 대화의 기본조차 무시하는 그녀와 노닥거리면 기운이 이만저만 빨리는 게 아니었다.

"젊었을 땐 나도 예뻤어."

그녀는 휴대폰에 저장된 옛날 사진을 굳이 보내주었고 나는 칠푼이처럼 그걸 받아 저장했다.

"요즘 미코 애들 그게 얼굴이니? 내가 미스코리아 선발대회에 나가겠다고 했더니 아버지가 대뜸 지겟작대기를 들고 쫓아오시는 거야. 운동화 한 짝만 신고 줄달음질쳤잖아. 왜 있잖니, 옛날 여고생들이 신던 검정 운동화. 그때 미스코리아 선발대회에 못 나간 게 두고두고 한이 돼."

이런 식이다. 자기가 소싯적에 얼마나 예뻤는지 그에 관한 일화를 지루하게 늘어놓은 뒤 거짓말의 세계로 슬쩍 건너뛴다. 그녀가 내게 처음 한 거짓말은 이른 봄날에 핀 철없는 여름 꽃이나 발바닥에 붙은 작은 티눈 같았다. 살캉거리고 거칫거리는 게 거슬리긴 했으나 거짓말은 누구나 하니까. 판매직원은 미워도 예쁘다 말하고 쪼그랑 할머니에게 동안이라 말하기 일쑤였으니.

"도민우라고 아니? 모델계의 전설. 우리 때 엄청 날렸거든. 걔가 날 얼마나 따라다녔다고. 휴가를 얻어 집에 내려갔는데 글쎄, 연서를 보낸 거야. 시골집 주소를 어떻게 알아갖고. 큰오빠한테 죽을 만큼 두들겨맞았지. 우린 그런 시절을 살았어."

그녀의 거짓말에는 일정한 패턴이 있다. 그건 훈련한다고 되는 게 아니다. 타고나야 한다. 미스코리아 선발대회에 나갈 뻔했다는 건 진실이고 모델계의 전설 도민우가 따라다녔다는 건 거짓이리라. 추임새를 넣어주면 길어지므로 어디까지 듣고 일어설 것인지 미리 결정해야 한다. 애매하게 행동하면 거짓말에 잡아먹히고 만다.

"몽드레 박이라고 알지? 미라노 복장학원 선배야. 종로2가

YMCA 옆에 있던 그 미라노 말이야. 그때 몽드레 박은 영어사전을 줄곧 옆구리에 끼고 살았어. 대구 자갈마당 출신인데 아마 프랑스에는 가지도 못했을걸. 그 사람, 순전히 노력 하나로 오늘날의 몽드레 박이 된 거라고."

'몽드레 박이 당신 선배라면 내가 성을 간다, 몽씨로!'

까딱하면 나는 이 말을 뱉을 뻔했다. 이렇듯 그녀는 상습적으로 거짓말한다. 밥 먹듯 숨을 쉬듯 지극히 평온한 얼굴로. 십 분이 지나면 들통날 거짓말을 하는데 들켜도 부끄러워하지 않았다. 부지불식간에 새어나오는 거짓말은 본인이 제어하지 못하는 사이에 점차 반경을 넓히며 스스로 영토를 확장해간다. 그러면 그녀의 눈은 한층 생기를 띠고 볼에는 발그레하게 열꽃이 핀다. 땀샘의 기능이 왕성해지면서 고열에 들뜬 것처럼 보이기도 한다. 그녀는 거짓말로 생의 에너지를 얻고 활기를 되찾는 눈치다. 자기가 하는 말이 거짓이라는 걸 알고 있으므로 리플리 증후군과도 약간 다르다.

문제는 나다. 나는 그녀의 거짓말에 번번이 반응한다. 도대체 면역력이 생기지 않는다. 조곤조곤 얘기하던 그녀가 별안간 있지, 하고 목소리를 낮추면 내 심장이 격렬하게 뛴다. 거짓말을 그치게 하는 것이 유일한 사명인 것처럼 나는 이제나저제나 그녀의 말을 자르고 들어설 틈을 노리거나 그것도 여의치 않으면 딴전을 피우거나 하품한다. 그렇게 넌더리를 내도 그녀는 모르는 척 시침을 떼며 거짓말을 이어간다. 천부마트 기범이도 단번에 알아먹을 수 있도록 행동하는데도. 매장 앞을 지나던 누군가 우리를 지켜본다면 나를 형편없이 되바라지고 닳아빠진 여자로 여길 것이다. 그녀의 거짓말이 매장 밖까지 들리는 건 아니니까.

또한 그녀는 라벨 갈이의 명수여서 싸구려 원단으로 만든 기획상품을 정품으로 속여 팔다 걸려 손님들과 입씨름하기 예사였다. 폴리에스테르가 삼분의 일가량 섞인 혼방을 순모라고 속이기도 했다.

"여긴 지방이라 단골 장사잖아요. 이렇게 야금야금 신용을 잃으면 어떡해요."

잔뜩 벼르다 충고하면 대꾸조차 하지 않는다. 동네 사람들이 그녀를 정하연이라는 이름 대신 '리플리 부인'이라 부른다는 것도 천부마트 기범이한테서 들었다.

"이뻐, 아주 이뻐. 누, 누나네 가게 니블리 부인이 세상에서 제일 이뻐."

"기범아, 리플리 아니냐?"

"어…… 맞아, 니블리. 우, 울 아빠도 그랬어. 니, 니블리가 전지현보다 이쁘대."

그녀는 눈 트임을 하고 코를 높이고 눈 밑에 애교 살을 볼록하게 넣었으나, 딱 그 정도에서 멈췄다. 한 듯 안 한 듯 자연스런 뽀띠 성형 덕분인지 시청 대머리 김과장과 도 교육감을 동생으로 둔 복덕방 최씨 영감이 그녀한테 훅 간 눈치다. 그들은 매장을 교대로 들락거린다. 자잘한 사기행각과 거짓말 때문에 단골이 많이 떨어져나갔지만 시청과 학교에서 들어오는 단체복 주문이 많아 매장은 그럭저럭 굴러간다.

쩨쩨하긴 또 얼마나 쩨쩨한지 그녀는 얼마 되지 않는 회비가 아까워서 상가연합회에 가입하지 않았다. 거기 가입하면 얻게 되는 알짜 정보가 회비보다 많다는 걸 왜 모를까. 시청 김과장과 복덕방 최씨 영감을 구워삶는 것보다 정직하게 매상을 올리는 게 쉽다는 걸 왜 모를까. 그녀를 낮춰 보기 시작한 건 이때부터였다. 사회생활 십이 년에 빚만 오천만원이나 남은 헛똑똑이인 내가.

에드워드 홀이라는 문화인류학자는 동물들의 사회에서 일정하게 유지되는 개체 간 거리가 사람 사이에도 존재한다고 말했다. 버스에 탄 사람이 좌석을 선택하는 방식, 화장실에서 남자들이 소변기를 선택하는 방식, 벤치에 앉는 방식 등을 살펴보면 이 개체거리가 반영되어 있다고 했다. 사람 사이의 개체거리를 대인 거리라고도 하는데, 홀은 이 거리를 네 개의 유형으로 나눴다. 친밀한 거리 0~45cm, 개인적 거리 45~120cm, 사회적 거리 120~360cm, 공적 거리 360~750cm.

내가 거짓말에 질려 공적 거리를 유지하면 그녀는 나를 옥탑방에 초대해 식사를 대접한다. 평소에는 내가 식사 당번이었다. 그럴 땐 도우미인지 판매직원인지 내 위치가 아리송하게 느껴졌다.

숙식 제공이라는 문구에 속은 결과여서 어디다 말도 못했다. 말해봤자 비웃음만 살 게 분명하니까.

"난 보기보다 식탐이 많아. 내 것을 먹는데도 눈치를 보게 돼. 많이 먹는다고 남들이 흉볼까봐. 앞으로 내 밥은 이 오망한 공기에 담아주면 좋겠어. 그래야 마음이 편하거든."

일반 공기보다 운두가 낮고 둘레가 넓은 공기에 담으면 밥의 양이 적어 보인다. 그녀가 항상 배를 주렸다는 얘기다. 판매직원은 냄새나지 않는 메뉴를 선택하되 짬짬이 숨어서 먹어야 한다. 직원 복지가 잘된 곳조차 식사 시간이 일정하지 않다. 손님이 없을 때 밥을 씹을 새도 없이 훔쳐먹듯 빠르게 먹는다. 다 먹고살자고 하는 일인데 먹는 걸 가장 소홀히 여기는 게 이 직업이다.

"옛날엔 나쁜 새끼들이 많았어. 여자 이름을 줄줄이 적어놓고 지들끼리 돌아앉아 사다리를 타기도 했지. 난 스무 살부터 하이힐을 신었는데 그 새끼들이 덤빌 때마다 쇠 징이 박힌 굽으로 한 놈씩 뒤통수를 깠어. 말하자면 하이힐이 호신용 무기였던 셈이지. 난 죽어서도 하이힐만은 내놓지 않을 거야. 관 속에 넣어 갈 거야."

그녀는 장마철 폭우로 불어난 물에 떠내려가는 유목流木처럼 살았다고 했다. 미라노 복장학원을 졸업한 뒤 디자이너 보조로 양장점을 전전할 때의 일이다. 재단은 디자이너 선생님이 했고 미싱사와 재단을 돕는 중간, 실밥을 따는 시다가 있었다. 미싱사는 주로 남자였고 중간과 시다, 보조 디자이너는 여자가 많았다. 양장점 뒤편에 허술하게 달아낸 두 개의 쪽방에서 남녀가 생활했기 때문에 불미스러운 일이 종종 발생했다.

"재단대에 누운 채 위에서 찍어 누르는 미싱사의 얼굴이며 가슴을 하이힐로 연방 까대고 있을 때, 그럴 때 말이야, 비가 내리면 그냥 완전히 미치는 거야. 두두두, 양철 지붕을 때리는 빗소리가 들리면 눈물이 걷잡을 수 없이 쏟아져. 수돗물처럼 콸콸 쏟아져."

나도 모르게 가만가만 이야기에 빨려들고 만다. 6월의 녹음처럼 칠칠한 그녀의 거짓말은 무사의 칼처럼 가볍고 날래어 어느 곳을 찌르고 들어올지 알 수 없다. 땀 한 방울 흘리지 않고 감쪽같이 상대를 제압하니까.

"저희는 제대로 담근 김치를 먹고 우리한텐 막김치를 따로 버무려주는 못된 양장점도 많았어. 그릇에 주질 않고 시커먼 봉지에 담아 집어던지는 인심 사나운 주인이 한둘은 반드시 있게 마련이었지. 그 시절 반찬이라곤 김치밖에 더 있니? 내가 처음 일했던 양장점이 상주에 있던 목화야. 안주인이 불여우처럼 생긴 그 양장점. 난 요즘도 목화에서 일하는 악몽을 꿔."

그녀는 저 아득한 양장점 시대를 거쳐왔다. 그후 양장점은 의상실로 지금은 숍으로 바뀌었다. 숙녀복이 공장에서 생산되면서 양장점과 의상실에서 근무하던 디자이너 언니들은 의류매장의 판매직원으로 명찰을 바꿔 달았다. 그렇게라도 생계를 꾸려야 했다.

아득한 세월을 가로질러 기어이 내게 다가온 그녀가 말했다.

"나는 좁은 매장에 새처럼 갇힌 채 일 년에 설과 추석 딱 두 번만 쉬었어. 고작 이 빌딩을 얻자고 인생을 통으로 바친 걸 생각하면 무지하게 허무하지."

고작 빌딩이라니. 빚만 오천인 사람도 있는데.

매장 점주는 아무나 하는 게 아니다. 본사에서 요구하는 조건이 까다로웠다. 저 나이에 매장 점주를 하는 이도 드물다. 명동에서 일할 때 환갑이 지난 여자를 봤다. 그녀처럼 예쁘진 않지만 아랫사람한테 언니라는 말을 곧잘 하며 속도 없이 까르르 웃었다. 누구든 한번 보면 어떤 장점을 지녔는지 금방 발견해내던 사람. 명동 최 언니 얘길 했더니 그녀의 눈이 반짝거렸다.

"그 여자가 일하던 매장 건물주가 허리 굽은 파파 할아버지였지. 아침에 화장실부터 점검하던 영감. 비누를 헤프게 쓰네, 물을 흘리네, 잔소리가 심하던 영감의 둘째 아들이 그 매장을 운영했었잖아. 그래도 회식 때마다 그 영감, 고기를 무한정 쐈어. 힘이 있어야 서서 일한다며. 고기가 귀하던 시절이라 신물이 넘어오도록 먹어댔지. 내가 그 매장을 나간 후 아마 그 여자가 들어왔을걸."

이건 참말이다. 좁은 바닥이라 한 시간만 얘기하면 판매직원의 신상쯤은 금방 알 수 있다.

"미스 최, 지금도 명동 쪽에 있니?"

"아뇨, 최 언니 명동 뜬 지가 언젠데. 중국어가 안 되니까……"

식사를 마친 후 나는 옥탑방을 구석구석 살폈다. 질 좋은 건축 자재로 지은 덕에 고급 빌라와 다름없어 보였다. 그래도 옥탑이다. 빌딩에서 나오는 월세가 상당할 텐데 옥탑을 고집하다니.

"자, 밥도 먹었으니 일 좀 하다 갈래? 한 시간이면 끝나."

그녀가 마댓자루를 끙끙거리며 끌고 왔다. 안에 담긴 것은 싸구려 구제 옷들이다. 땡처리 제품이라 부르는 건데 전자저울에 달아 판다. 눈이 보배, 그녀가 독사눈으로 골라낸 옷들은 죄 쓸 만하다. 그걸 일일이 세탁하고 다림질하여 매장에 걸어놓는다. 마댓자루 속 쓰레기가 매장 정품으로 둔갑하는 데 걸리는 시간은 하루면 충분하다. 남은 인생이 얼마나 된다고 이 짓까지 시키나. 자정이 넘은 시간 나는 좁은 계단을 내려오며 이를 빠드득 갈았다.

·

"아, 나와! 얼른 나와보랑께!"

지하 출입문이 쿵쿵 울렸다. 굵은 남자 목소리에 놀란 나는 물고 있던 칫솔을 떨어뜨렸다.

"안 나온다 이거지!"

문을 열자니 무섭고 가만히 있으려니 부서질 것 같았다. 현관 손잡이를 붙잡고 있는데 밖에서 그녀의 앙칼진 목소리가 들려왔다.

"너 뭐라 그랬어? 다시 말해봐!"

"이 아줌씨가 누구한테 너, 너, 하며 삿대질이야! 우리를 동네 똥강아지로 아나보네."

문틈으로 내다보니 남자 셋이 서 있었는데 아침부터 삥 뜯으러 온 양아치 같았다.

"들어오기만 해. 주거침입죄로 신고할 테니깐."

"피땀 흘려 마련한 내 집기들 꺼내가겠다고!"

"내가 월세 내면 준다고 몇 번을 말했어. 돈 떼먹고 도망간 놈이 어딜 와서 생떼야!"

"돈은 생기면 준다고. 노래 바 물건을 잡고 있으면 우린 장사를 어떻게 하라고, 엉? 아유, 이걸 그냥!"

"때려! 매장에 파리 날리게 생겼는데 이참에 맷값이나 벌어보자."

나는 악을 쓰는 그녀가 낯설었다. 자잘한 사기를 쳐도 태도는 정중한 그녀가 아니던가. 돌아가는 형편을 보니 저들이 노래 바 주인인데 일정한 주기로 쳐들어오는 것 같았다. 그녀가 무데뽀 정신으로 밀고 나가며 대거리하는 통에 성과 없이 돌아갔다 잊힐 만하면 한 번씩 쳐들어와 동네를 뒤집는 모양이었다. 월세 대신 양아치 물건을 압류하는 간 큰 그녀.

내가 페친을 동원해 명동 최 언니를 찾은 것은 그로부터 한 달 뒤였다. 리플리 부인이 맞선을 보러 서울에 올라가 있었기 때문에 법원에서 송달된 등기를 내가 대신 받게 되었다.

"어, 이거 제가 받아도 돼요?"

"원래 본인이나 가족이 받는 건데, 가족이나 마찬가지시니 뭐…… 단, 그 봉투를 열어보면 안 돼요. 비밀침해죄로 고소당할 수도 있습니다."

"와, 무섭네요. 그런데 이 등기 잘못 온 거예요. 이름이 틀려요."

매장 밖으로 나가려던 집배원이 날 쳐다봤다.

"그 등기는 리플리 부인 앞으로 온 게 맞는데요."

"사장님 이름은 정하연인데 여긴 정혜경이라고 적혀 있잖아요."

"전에 있던 아가씨는 또 다른 이름을 대더니…… 하여간 그 봉투에 인쇄된 주소지가 이 빌딩이고 빌딩주는 정혜경씨가 맞습니다. 그게 리플리 부인의 이름이에요."

뭔가 이상하게 돌아가고 있었다. 리플리 부인이 정하연이라는 가명을 왜 사용했을까? 나는 매장을 열어둔 채 밖으로 나와 건물 계단으로 뛰어올라갔다. 이층 보습학원 원장은 부재중이었고 삼층 피시방 주인이 자리를 지키고 있었다.

"리플리 부인의 빚이 여간 많지 않다던데. 이 빌딩도 곧 경매에 들어간다는 소문이 있어요."

"사장님은 앞으로 어떡하시려고요. 빌딩이 넘어가면 보증금을 못 받잖아요."

"우리야 등기부등본을 확인하고 들어오니까. 보증금도 없는 깔

세여서 손해볼 일은 없지. 거기야말로 짜디짠 돈일 텐데 월급 밀린 것 있으면 빨리 받아요."

나는 패친들의 협조로 명동 최 언니를 쉽게 찾았다. 최 언니는 김준의 코디네이터로 일하고 있었다. 칠순 가까운 나이에 현역으로 뛰다니. 모델로 데뷔한 김준은 현재 방송가에서 가장 핫한 연예인이었다. 나는 정하연 혹은 정혜경에 관해 물었다. 최 언니는 모른다고, 들어보지 못했다고 했다. 같은 업종에 종사하는 내 패친들도 마찬가지였다. 이구동성으로 모른다고 했다.

그녀는 도대체 누구이며 어디서 튀어나온 괴물이란 말인가?

휴대폰을 힘없이 내려놓는 순간 그녀가 몽드레 박에 관해 하던 말이 생각났다. 거짓말일 테지만 혹시나 싶어 최 언니에게 다시 전화를 했다. 최 언니가 몽드레 박 의상실에 근무했었다는 말을 들은 것도 같아서였다. 나는 그간의 일을 상세하게 설명했다. 리플리 부인은 미라노 복장학원 출신인 몽드레 박의 후배이고 모델 도민우가 따라다녔다는 말도 덧붙였다.

"호오, 리플리 부인이라…… 자기 같은 언니를 졸卒로 보다니. 와하하하, 누군지 재밌는걸."

최 언니는 자신처럼 고령인 여자가 현역이라는 점에 흥미를 보였고 리플리 부인의 실체가 나 못지않게 궁금한 눈치였다. 자기가 몽드레 박 의상실에서 근무하진 않았지만 수소문하여 알려주겠다고 하더니 소식이 없었다.

여러 날이 지난 뒤 최 언니의 문자메시지가 들어왔다. 몽드레박과 도민우도 리플리 부인을 모르더라는 내용이었다. 리플리 부인이 거짓말을 한 거라며. 그리고 김준의 데뷔를 도운 스승이 모델계의 전설 도민우라고 적었다. 김준이 최 언니와 도민우를 전화로 연결해준 모양이었다. 이렇듯 좁은 바닥이다.

그러나 그녀의 얘기가 전부 거짓이라고 단정하기엔 미심쩍은 점이 있었다. 저 꼿꼿한 자세. 흡사 십자가에 꽂힌 사람 같다. 여러 시간 서 있으면 일반인의 어깨는 저울추처럼 한쪽으로 기울어지는데 그녀는 자로 잰 듯 일직선이다. 의류매장 의자는 등받이가 없는 둥근 것이어서 오래 앉으면 등이 구부러지게 마련인데, 장기간 훈련하지 않으면 저 자세가 나오지 않는다. 리플리 부인은 하늘에서 떨어졌나, 땅에서 솟았나. 하이힐을 오래 신으면 생기는 무지외반증, 옥탑방에서 본 리플리 부인의 변형된 맨발도 마음에 걸렸다. 더구나 그녀는 최 언니가 한때 근무했던 명동 매장의 건물주까지 알고 있다.

어떻게 된 일일까?

궁금증을 못 이긴 나는 그녀의 신원을 파악하는 일에 전력을 기울였고, 리플리 부인은 발악하듯 맞선에 열을 올렸다. 겉은 비단 같은 여자라 인기가 좋은 모양이었다. 결혼정보회사에서 보내온 영감들의 사진을 계산대에 죽 늘어놓고 고개를 갸웃거리며 고심하다가 커플 매니저와 오래 상담을 했다. 그녀는 맞선 상대의 이전 직업이나 학력, 전실 자식의 유무보다 재산에 관심이 많았다.

돈 많고 빨리 죽을 영감을 찾는 게 어디 쉬울까.

그녀가 맞선 보러 서울에 올라간 주말이면 나는 매장을 일찍 닫고 들어와 구인광고 사이트를 드나들었다. 한번 속은 터라 마땅한 매장을 찾는 일이 더뎠다. 리플리 부인이 돈 많고 빨리 죽을 영감을 찾는 것만큼이나. 그녀가 날 졸로 본 게 괘씸해서 끝까지 남아 빌딩이 경매로 넘어가는 걸 지켜보고 싶기도 했고 또 그러면 안 될 것 같기도 했다. 빚이 오천만원이나 되는 내 처지도 심상찮거니와 여기 하루라도 더 있다간 꼭 그만큼씩 리플리 부인에게 젖어들까봐, 망가진 그녀를 닮을까봐 겁이 났다. 리플리 부인은 단단히 응축된 고약 덩어리 같았고 그 검은 기운에 물이 들까봐 나는 먼 곳으로 튈 예정이었다.

그녀가 매장을 비운 주말 밤, 시청 김과장이 닫힌 문 앞에 웅크리고 있었다. 가까이 다가가자 술냄새가 풍겼다.

"김과장님 여기서 뭐하세요?"

"어어…… 왔어?"

"리플리 부인은 서울 가고 안 계세요."

"씨발…… 무학인 주제에 날 물 먹여……"

"뭐라고요? 무화과요?"

"무학…… 리플리 부인은 무학이라고. 학교를 다닌 적 없다고. 정하연은 새빨간 거짓말이고 정혜경도 진짜 이름이 아니야. 본명은 정복순이! 오래전 개명했어. 개명하는 게 취미인 그 여자 정복순이가 날 물 먹였다고…… 그래도 나는 좋다고…… 한번 깃대를 꽂으면 끝까지 간다고오…… 흐윽!"

술에 곤죽이 된 대머리 김과장을 택시에 태워 보낸 후 나는 검고 반질반질한 허풍선이 빌딩을 올려다봤다. 그녀가 청춘을 바쳐 얻었다는 인조대리석 빌딩을 한 바퀴 돌아 지하 출입문으로 들어서는데 다리가 풀렸다. 그녀가 왜 거짓말을 하게 됐는지 알 것도 같았다. 그녀는 자신과의 관계에 문제가 있는 사람, 자신과 친하게 지내지 못하는 사람일 것이다.

정복순.

나는 그녀의 본명을 적어 최 언니에게 보냈다. 내 휴대폰에 저장된 그녀의 옛날 사진도 함께. 그러고 나니 슬픔이라고 할 만한 야릇하고 생소한 감정에 휩쓸려서 조금 비틀거렸던 것 같다.

*

잘 지내고 있지? 나는 그동안 일본 나흘, 스페인에 이 주 정도 가 있었어. 김준의 광고촬영 때문에. 그 바쁜 중에도 리플리 부인의 뒷조사를 했네. 암튼 여러 가지로 흥미로운 사람이야. 본론으로 들어갈게. 자기가 보낸 리플리 부인의 사진을 도민우에게 보여줬더니 복순이가 어디에 사느냐며 집요하게 캐묻는 통에 내가 아주 혼났다. 정복순은 여섯 살 때 상주 목화양장점 애보개로 들어왔대. 그냥 두면 회초리 같은 다리가 부러질 것 같아 은근히 마음이 쓰였노라고, 목화양장점에서 그녀를 빼낸 것도 미라노 복장학원에 넣어준 것도 자기라고 도민우가 그러더라. 몽드레 박도 수줍음을 유난히 타던 후배로 정복순을 기억하고 있었어. 대박, 놀랍지 않아?

최 언니가 보낸 메시지의 마지막 문장은 주어가 생략된 탓에 과거의 일을 여태 기억하는 도민우와 몽드레 박이 놀라운 것인지, 그 사실을 추적한 최 언니 본인이 놀라운지, 리플리 부인의 현재가 놀라운 것인지 알 수 없었다.

그런데 그녀는 왜 내게 참말을 거짓말처럼 했던 것일까?

내가 거짓이라고 확신했던 말은 전부 진실이었다. 리플리 부인의 삶은 요지경, 그녀의 말이 진실이건 거짓이건 간에 나는 어서 이곳을 떠나야 한다는 생각뿐이었다. 주위상책走爲上策. 상대가 강해 맞서 싸우기 어려우면 달아나는 것이 최고의 계책이라고 일찍이 손자가 말했다.

나는 지하로 내려가 부엌방의 문을 열어젖혔다. 붙박이장 옆에 세워둔 캐리어를 끌어내 그 속에 옷가지와 화장품을 되는대로 욱

여넣었다. 방안에 널린 잡동사니와 욕실의 세면용품까지 챙기고 보니 그새 더플백 하나 분량의 짐이 늘어났다. 묵직한 더플백을 캐리어 위에 얹은 후 그걸 끌고 나가다가 지하 출입문 앞에서 걸음을 멈췄다. 서두르다 빠뜨린 물건이 있을 것 같아서였다. 급히 되돌아간 나는 정작 부엌방으로는 들어가질 않고 마주 보이는 문을 열고 노래 바로 들어갔다. 왜 그랬을까. 삼십육계 줄행랑을 쳐도 시원찮을 형편인데.

한 손으로 벽을 더듬어 스위치를 켜자 천장에 달린 업소용 미러볼이 빙글빙글 돌기 시작했다. 밀폐된 공간에 괸 눅눅한 공기를 휘저으며 홀의 중간 지점까지 걸어간 나는 앞에 놓인 의자에 앉아 원색의 화려한 조명이 비추는 무대를 감상하듯 바라보았다. 흰색의 사이키 조명이 터질 때마다 노래 바의 복도를 따라 줄줄이 이어진 룸이 환하게 드러났다. 조명이 어두워질수록 빛의 색상이 화려해지는 느낌이어서 마치 파티 장소에 온 것 같았다. 미러볼에서 흘러나온 빛이 무대 천장과 벽에 반사되면 허공에 색색의 둥근 고리가 여러 개 생겨났다.

둥근 고리 속에는 각각 다른 모습의 리플리 부인이 한 명씩 들어 있었다. 회초리 같은 다리를 가진 수줍은 그녀, 뾰족한 하이힐로 미싱사의 뒤통수를 까는 그녀, 재단대에 누워 양철 지붕에 떨어지는 빗소리를 듣는 그녀, 구제 옷을 매장의 정품으로 둔갑시키는 그녀, 돈 많고 빨리 죽을 영감을 고르는 그녀…… 빙글빙글 돌아가던 둥근 고리의 중심이 팡팡 터지면서 그 빛이 사방에 흩뿌려질 때마다 장마철 흙탕물에 휩쓸려 떠내려가는 그녀가 잠깐잠깐 보였다. 흙탕물의 소용돌이 속으로 빨려들지 않으려고 몸부림을 치는 그녀. 보이지 않는 어떤 손이 거센 힘으로 어깨를 누르고 있는 것 같아 나는 망한 노래 바의 홀에 한동안 앉아 있었다.

마리나
나의 마리나

마루에 둥근 갓을 씌운 무드 등 하나가 켜져 있다. 오후 열한시가 지난 시간이어서 사방이 컴컴한 가운데 무드 등의 노르스름한 불빛이 현관 유리문에 동그랗게 떠올랐다. 그리고 그 불빛이 비추는 마루의 풍경—소파에 앉은 세 여자와 문이 열린 안방과 작은방, 화이트 면사 커튼 너머로 보이는 아일랜드풍의 가짜 대리석 식탁—이 이어졌는데 유리문에 비친 세 여자 가운데 영숙씨 얼굴이 기이해 보인다. 그녀는 예전과 사뭇 다른 얼굴로 맞은편에 앉은 민자씨를 노려보고 있다. 어떡하면 저 여자를 아프게 할 수 있을까, 라는 생각에 골몰한 나머지 못된 표정을 지으며 민자씨를 향해 피식피식 웃음을 흘린다. 처한 형편에 따라 자신이 충분히 사악해질 수도 있는 사람이라는 걸 서둘러 드러내려는 조바심 같은 것이 비웃음을 띤 영숙씨 얼굴에 어려 있다.

"전 믿었다고요. 적어도 민자씨를요."

"그 말의 뜻은 이제……"

"못 믿죠. 어떻게 믿을 수가 있겠어요. 민자씨가 내 처지라면 믿어주시겠어요? 지금 우리 형편을 돌아보라고요. 우리가 쓰는 생활비, 이게 어디서 나오는 거냐고요?"

"그거야……"

"허투루 둘러대지 말고 똑바로 말하셔야죠. 내가 야금야금 쓰는 돈은 우희 아빠가 남긴 연금이다, 이렇게요."

"그럴 생각은 아니었는데 자금 압박을 받다보니……"

"처음부터 연금에 손댈 작정을 한 건 아니고요?"

"아무려면 제가요?"

"내겐 민자씨가 내 남편의 피 같은 연금에 손댈 사람처럼 보인다고요!"

"무슨 그런 말을…… 좀 심하시네요."

"아, 심하구나. 내가 말을 함부로 막 하는구나."

"그렇다고 비꼴 것까지야."

"내 속이 엄청 뒤틀렸다고요. 동업하는 게 아니라고 다들 말렸지만 전 끝까지 믿었어요."

"믿었다고요, 날? 우희 엄마가요?"

"믿었으니 우희의 결혼자금으로 쓸 돈까지 수정 마리나에 털어넣었죠."

"아니, 그건……"

"그건 뭐요? 민자씨를 믿은 결과가 고작 이거예요."

동업할 때는 상대의 의도와 능력을 세심히 계산해야 된다. 영숙씨는 수정 마리나에 합류한 후 살던 아파트를 월세로 내놨다. 처음에는 월세 보증금, 다음에는 전세금, 그다음에는 아파트를 처분하여 수정 마리나에 투자했다. 지금은 남편이 남긴 연금으로 세 여자가 근근이 살고 있다. 삼 년 만에 나락으로 떨어질 줄이야. 영숙씨는 상황판단을 잘못하여 일을 이 지경으로 만든 민자씨를 원망했다. 해양 레저 스포츠에 대한 기본지식도 없이 사업에 뛰어들어 적자를 보게 만든 민자씨가 한없이 무능해 보였다. 세 여자의 영혼이 갈가리 찢긴 끝에 도착할 황폐한 불모지를 그녀에게 똑똑히 보여주고 싶다. 여기서 한 발만 나아가면 부도 위기에 몰릴 테고 다음 순서는 파산이다. 완전한 파산의 끝은 어디일까?

돈이 생길 때마다 일본에서 들여온 요트는 안전 고리에 묶인 채 마리나 계류장에서 흔들리고 있다. 낚시 요트와 레저 요트, 크루즈 요트까지 내놨는데 오늘도 수정 마리나에는 사람 그림자도 비치지 않았다. 영숙씨는 바람에 흔들리는 빈 요트를 보는 것도 괴로운데, 갑자기 닥친 이 일을 불운이라고 체념하기에는 억울한 구석이 있다.

"이 모든 게 내 탓이라고요?"

"그야……"

"내가 수정 마리나에 투자하라고 강권하길 했나요, 아파트를 팔아 이사하자며 우희 엄마를 꾀길 했나요. 왜 날 이 일의 원흉으로 몰아세우는 거죠?"

팽팽한 게임에서 가장 먼저 발을 뺀 건 역시나 민자씨였다. 항변조의 말투가 이토록 다정하고 신비롭게 들리다니. 한때 저 목소리에 감탄한 적이 있다. 좋았던 때는 딱 거기까지였다.

"그럼 아니라는 건가요? 우리 우희 좀 보세요. 쟤 몰골이 어떤지, 앞날이 창창한 애가 여기서 뭘 견디고 있는지 생각해보신 적은 있나요?"

영숙씨가 흔들리는 마음을 수습하고 있는데 옆에 있던 우희가 화를 벌컥 냈다.

"앞날이 창창? 엄마는 그 말을 할 자격이 없어!"

"얘가 지금 뭐라는 거야."

"내 앞날에 대한 기대를 얼마나 했다고 이러셔. 공시 준비할 때만 해도 엄만 날 히키코모리 취급했잖아!"

열이 오를 대로 오른 우희가 쌩하니 일어나 작은방으로 들어갔고 간밤의 소동은 그것으로 흐지부지 끝났다. 이튿날 부스스한 얼굴로 나오니 민자씨는 평소와 다름없는 표정으로 주방에서 국 끓일 준비를 하고 있다.

"아침식사 하셔야죠."

"먹어야죠, 밥은."

민자씨에게 쏘아붙인 뒤 제풀에 머쓱해진 영숙씨는 식탁에 놓인 수저통을 열었다. 숟가락과 젓가락이 뒤죽박죽 섞여 있다. 요즘 들어 민자씨도 불안한 눈치다. 수저조차 통 속에 가지런히 넣어두지 못한다.

"우희가 안 보이네요."

민자씨가 마른행주를 탁탁 털며 말했다.

"우리 애, 방에 없어요?"

수저를 분류하던 영숙씨가 허리를 비틀며 식탁의자에서 굼뜨게 일어났다.

"호수엘 갔나. 좀 찾아보세요."

어젯밤에 그 소란을 피우며 다퉜는데 식탁에 둘러앉아 도란도란 아침을 먹고 싶을까. 재촉하는 민자씨를 뒤로하고 밖으로 나온 영숙씨는 집 앞의 호숫가 산책로로 천천히 접어들었다. 우희를 찾을 생각은 추호도 없었다. 마음이 가라앉으면 들어오겠지. 우희가 운영하는 수정카페 오픈은 한 시간 뒤였고 지금은 새벽이라기엔 늦고 아침이라기에는 조금 이른 시간대였다. 스멀스멀 피어나던 안개가 수면을 자욱하게 덮더니 호수와 산책로 사이에 둘러진 하얀 목책의 키를 점점 낮추고 있다. 이윽고 건너편 조망대까지 단숨에 삼켜버렸다. 물속에 기우듬히 서 있는 능수버들도 안개에 휩싸였다. 호수 위로 잎을 늘어뜨린 능수버들은 잿빛 거미줄에 친친

묶인 듯 음산해 보였다. 호수의 고유한 풍경을 삽시간에 지우는 안개가 영숙씨는 가끔 무서웠다. 까마득한 시간이 발밑으로 흘러간 느낌이었다.

삼 년 전만 해도 이곳은 허허벌판이었다. 민자씨는 마리나 부지로 예정된 호숫가 매립지에 조립식주택을 급히 지었다. 이삿짐을 풀던 영숙씨는 일손을 놓고 현관 유리문을 멍하니 바라보았다. 안개가 조립식주택을 에워싸고 있었다. 그때는 새벽마다 호수에서 올라오는 안개 탓에 갑갑증은 느꼈어도 무섭다는 생각을 하진 않았다. 수정 마리나 건너편에 세워진 조망대의 주홍 불빛조차 말끔히 먹어치우는 걸 보면서도. 흐린 하늘에서 별안간 폭설이 쏟아지고 꽁꽁 얼어붙은 호수에서 빙판 갈라지는 소리가 쉼없이 들리던 혹독한 겨울을 지났다. 연이은 공사로 짚이 타는 냄새가 흙먼지 속에 섞이기도 하던 희뿌연 봄도 두 번이나 흘려보냈다. 영숙씨는 새벽에 눈을 뜨면 무작정 호숫가로 내려갔다. 호수에는 늘 안개가 껴 있었고 때로는 묵은 솜처럼 낮게 깔리기도 했다. 영숙씨는 새벽녘 호수에 끼는 안개의 양과 밀도로 그날의 날씨를 추측하는 버릇이 생겼다. 자신의 무릎 상태를 살펴 비를 예보하는 옛날 노인처럼.

산책로를 한 바퀴 돌자 계단식으로 깎여내려간 호숫가 저지대가 보인다. 돌계단을 밟고 저지대로 내려간 영숙씨는 수정 마리나 간판을 올려다보았다. 수정 마리나는 워터파크 시설을 갖춘 대기업 계열의 콘도와 수정 마리나 부지 옆 갈대밭이었던 땅에 차려진 박사장의 카페와 해수찜질방에 둘러싸여 있다. 최신식 건물 틈에 폭 꺼진 듯이 들어앉은 수정 마리나를 바라보자니 삼면이 절벽으로 가로막힌 청송교도소의 '빠삐용의 섬'이 떠오른다. '청송2교'로부터 멀리 떠나온 줄 알았는데 여태 제자리를 맴돌고 있었나보다. 부속 건물이 전부 중고여서 수정 마리나가 꼭 오막살이집처럼 보인다. 집 앞의 경치는 끝내주게 좋지만. 오막살이집이 대개 경치 하나만큼은 좋다.

*

벚꽃이 싸락눈처럼 흩날리던 날 갑자기 초인종이 울렸다. 소파에 늘어져 있던 영숙씨는 느릿느릿 현관문을 열었다. 앞집 민자씨가 중간 사이즈의 종이 박스를 끌어안고 서 있었다. 그녀 뒤로는 오후의 그늘이 내려앉은 어둑한 복도가 보였다. 영숙씨는 한동안 멍한 상태에서 벗어나지 못하다가 겨우 민자씨에게 들어오라는 손짓을 했다.

"어찌된 게 점심을 먹으면 졸리네요."

우희를 가졌던 임신 초기처럼 점심식사를 마친 후 한 시간이 지나면 눈꺼풀이 무거워졌다.

"완연한 봄이니까요. 그리고 이거…… 제주에 사는 지인이 햇

감자를 보내왔는데 혼자 먹긴 많아서 조금 덜어 왔어요."

박스에 담긴 감자는 제주산 햇것이 아니라 작년에 수확한 걸 말갛게 씻어 출시한 강원도산이었다. 농업에 종사하는 부모님을 도우며 청송에서 자란 영숙씨는 감자 정도는 구별할 줄 알았다. 저온창고의 설비가 나날이 발전하는지 묵은 감자에 싹이 나질 않았다. 때깔도 햇것처럼 보여 민자씨 지인이 속아 샀을 것이다. 깐 감자를 갈던 영숙씨는 앞집 여자를 집에 들인 걸 후회했다. 잠기운이 남아 있는데 일거리만 보탠 것 같아서였다. 감자전에서 탄내가 나자 민자씨가 뒤집개로 빠르게 뒤집었다. 가장자리가 거뭇한 전을 저만치 밀어놓은 민자씨는 노릇하게 부친 전만 접시에 골라 담아 영숙씨에게 건넸다.

"이건 우희 방에 넣어주세요."

"오전에 책을 산다며 시내에 나간걸요."

"공부하는 아이는 잘 먹여야 돼요."

"너무 먹어 탈인걸요. 나날이 살이 찌니 원……"

"오목조목 통통하니 내 보기엔 좋기만 하던걸요. 살찐 걸로 애 너무 나무라지 마세요."

창밖 화단에 떨어진 목련꽃들이 그새 누리끼리하게 변했다. 우희의 뒷바라지로 분주하여 봄옷을 꺼내지 못했다. 늦기 전에 옷장 정리를 해야겠다는 생각을 하며 영숙씨는 감자전을 우물거렸다. 열린 창문으로 날아든 벚꽃 잎을 파리 잡듯 한 손으로 휙 낚아챈 민자씨가 그걸 움켜쥔 채 더듬더듬 말했다.

"사실은…… 시에서 불하받은 매립지가 있는데요."

"매…… 뭐라고요?"

"매립지요."

매립지와 불하 같은 단어가 어쩐지 민자씨와 어울리는 조합이 아니어서 영숙씨가 되물었다.

"매립지? 토지를 말하시는 건가요?"

"네. 그이가 마련해준 건데……"

영숙씨가 민자씨를 멀뚱히 쳐다보았다. 허름한 아파트에 거주하는 처지에 무슨 토지씩이나.

"그이가 미국으로 떠난 뒤 생활비에 보태 쓰라며 달러를 부쳐줬거든요. 그땐 내가 시어른을 모시고 있기도 했고요. 시어른의 장례를 치른 뒤 가산을 정리했더니 가진 돈이 제법 되더라고요. 그 돈을 불릴 생각으로 매립지를 샀는데 그게 말썽을 일으켜 한동안 바빴네요."

앞집 민자씨는 불볕을 막아줄 그늘막조차 없는 형편인데 매우 해맑았다. 누군가의 그늘에서 가만히 늙은 사람처럼 보였다. 허물없이 지내는 사이가 아닌데도 그날 민자씨는 남편에 관한 얘기도 스스럼없이 했다. 자기 남편은 청도관, 무덕관, 지도관, 창무관, 송무관 등 5대 문파(이 내용은 훗날 그녀가 차근히 짚어준 것이다)를 차례차례 격파한 무술의 고수인데 지금도 무도계에서 간간이 회자되는 도장 깨기의 전설이라고 말했다.

"남편분의 실력이 대단하셨나봐요."

무슨 관이라는 말에 영숙씨는 민자씨 남편을 당수나 유도, 혹은 무슨 중국 권법 유단자쯤으로 짐작했다.

"가라테나 뭐 그런 종류는 아니고, 태권도예요."

'오도관'이라고 불렸던 군 무도관에서 태권도에 매진한 민자씨 남편은 전역 후 고수들이 몸담고 있던 도장을 찾아다니며 그들과의 대련을 통해 실력을 검증받았다고 했다. 두서없는 이야기가 그 뒤로도 이어졌는데 민자씨 화법이 특이했다. 일테면 조심성이 지나쳐 서두를 길게 끄는 바람에 할말을 잊어버리거나 중요한 대목을 생략하여 말의 논지를 흐리기 일쑤였다. 앞집 민자씨는 한마디로 맹탕이었다. 똑똑한 사람들만 만나다보니 거기서 발생하는 반작용 혹은 피로 때문인지는 모르겠으나 영숙씨는 그 점에 번번이 매혹되었다.

"웬 기름 냄새?"

저녁 여덟시 무렵에 귀가한 우희는 새 책이 담긴 종이 백을 들고 곧장 주방으로 들어왔다.

"환풍기를 돌렸는데도 이러네. 아까 민자씨가 건너왔거든."

"앞집이랑 가까이 지내지 말라니깐. 찜찜해."

"너 준다며 감자전을 부쳐놓고 갔는데도?"

우희는 감자전을 거들떠보지도 않은 채 가스레인지 앞으로 가더니 프라이팬에 담긴 김치볶음밥을 그릇에 수북이 펐다.

"민자씨가 뭐래?"

"남편이 안기부 세포조직인가 하부조직인가 암튼 그렇다네."

"헐! 망상증."

"안기부 얘기에 나도 긴가민가했었는데 민자씨 남편이 태권도로 유명한 모양이더라."

"빤한 거짓말이야. 엄만 그걸 말이라고 귀 기울여 듣고 있었어?"

"나한테 뭐하러 거짓말을 하겠니?"

"알 게 뭐야. 꿍꿍이가 있는지도. 섣부른 단정은 위험한 거야."

"너 그 의심하는 버릇……"

"우리는 앞집이나 옆집에 누가 거주하는지도 모르는 채로 사는 거라고. 그러니 신원확인 없인 아무하고나 어울리지 마."

"이웃인데? 이웃을 만날 때마다 일일이 주민증을 까야겠네. 사람이 그러는 거 아니다."

씨도둑은 못한다더니, 저럴 때 보면 영락없이 제 아빠를 닮았다며 혀를 차던 영숙씨가 김치볶음밥을 한 숟갈 푹, 떠냈다.

"아, 쫌!"

볶음밥 그릇을 두 손으로 덮은 우희가 영숙씨에게 눈을 흘겼다.

"잘나가는 남편을 뒀는데 민자씨는 왜 혼자 산대?"

"남편이 미국에서 태권도장을 운영했는데 행방이 묘연하대."

"푸헐!"

우희가 마시던 물을 뿜었고 하마터면 영숙씨가 물벼락을 맞을 뻔했다.

"하다 하다 이젠 실종씩이나! 우리 정부가 안기부 세포조직을 그렇게 허술하게 내보내겠어?"

"그 일로 보상금까지 받은 눈치던데."

"그건 민자씨 말일 뿐이지 확인한 건 아니잖아. 하여간 베일에 싸인 사람이야."

"아이고 이 화상, 이러다 앞집 신원조회를 하자고 덤비겠네."

영숙씨가 우희에게 종주먹을 들이댔다.

이튿날 음식물 쓰레기를 버리고 십일층으로 올라오던 영숙씨는 승강기 앞에서 민자씨와 마주쳤다. 가벼운 차림인 걸 보니 근처에 나가는 모양이었다.

"어제 감자전 맛나게 먹었어요."

"아……? 뭘…… 그걸……"

승강기 앞이어서 얘기를 길게 나눌 틈이 없었다. 영숙씨는 승강기 안으로 들어가는 민자씨의 굽은 등을 쳐다보며 혼잣말을 했다. 사람이 배짱이 없어, 배짱이…… 어떻게 안으로 조여진 느낌이 조금도 없을까. 앞집 민자씨는 오기가 없고 길바닥에 무얼 잘 흘리고 다닐 것 같았다. 그래서 낮은 소리로 그렇게 중얼거리며 현관으로 들어서는데 귀 밝은 우희가 어느새 알아듣고 다가왔다.

"앞집 민자씨가 헐렁이 같다는 거야?"

"그거랑은 좀 달라."

"그럼 칠칠맞은 거네."

"결이 달라."

"아, 뭐야? 뒷골 당기게. 조여진 느낌이 없다는 게 헐렁하다는 뜻 아니야?"

"민자씨는 칠칠이도 헐렁이도 아니야. 아무튼 일반적이진 않아."

영숙씨가 그녀를 민자씨라고 부른 건 얼마 되지 않았다. 마땅한 호칭을 찾지 못하자 민자씨 쪽에서 먼저 그렇게 불러달라고 청했다. 그녀는 앞집 여자라 칭하기에는 나이가 많았고 할머니라 부르기도 어딘가 어울리지 않았다. 비록 등은 굽었을망정 민자씨에게 내재된 기운이랄까, 전반적인 색조랄까, 목소리의 톤이랄까 하는 것들이 할머니와는 동떨어진 느낌이었다. 반면 우희는 거리낌없이 잘도 불렀다. 어른 이름을 또박또박 부르는 게 버릇없고 귀에 거슬려서 앞집 아줌마 정도로 호칭을 바꾸라고 권유했으나 우희는 따르지 않았다. 이름은 부르기 위해 있는 거라며.

하루는 민자씨가 자기 집으로 영숙씨를 초대했다. 우희도 데려오라고 말했지만 경제학 인강을 들어야 한다며 방문을 닫고 있던 터라 와인 한 병을 챙겨들고 혼자 건너갔다. 앞집은 고가구와 모던 스타일의 빈티지 가구가 조화롭게 배치되어 있었는데 이상하게 온기가 없었다. 주방에서 지지고 볶는 냄새가 흘러나오는데도. 사람이 홀로 사는 집 특유의 쓸쓸함이 사방에서 풍겨났다. 일테면 늘 쓸고 닦아도 지울 수 없는 매캐한 먼지 냄새 같은 것. 언제 준비했는지 민자씨가 식탁을 오밀조밀 예쁘게도 차렸다. 그 가운데 자작자작하게 졸인 고사리조기찜으로 영숙씨 젓가락이 자주 갔다. 조기의 연한 살점을 고사리로 휘감아 먹는 맛이 별미였다.

"저걸 여기서 보네요."

젓가락으로 조기를 바르던 영숙씨가 말했다. 식탁 옆 선반에 오래전에 나온 라면과 참치 캔, 스낵 들이 차곡차곡 쌓여 있었다.

"아…… 저거요?"

"저 라면과 스낵은 정말 오래된 건데 요즘 시중에 나오나봐요?"

"찾아보면 파는 곳이 더러 있어요."

"맛난 라면과 스낵이 많은데 왜 하필이면……?"

"난 오래된 제품을 애용하는 편이에요. 늘 먹던 거라 입에 맞고 먹을 때마다 새롭게 느껴지는 점도 있고요."

민자씨가 고사리조기찜 접시를 영숙씨 앞으로 밀어주었다.

"이 고사리조기찜은 일미네요. 어떻게 만드신 거예요?"

"별거 없어요. 고사리와 무에 양념장을 넣고 충분히 볶아주면 돼요. 나중에 투입할 조기에 진한 국물이 감겨들게 하려고 볶는 거거든요."

"오래 볶는 게 비법인가봐요."

"볶은 후 물은 조기가 절반쯤 잠기게 넣고요. 물이 많으면 깊은 맛이 덜하고 적으면 조기가 퍽퍽하거든요."

인사치레로 질문한 것인데 민자씨의 요리 강의가 지루하게 이어졌다. 입맛과 솜씨는 하나로 묶이지 않고 관할이 다른 것인지 민자씨는 밥을 끼적끼적, 입맛 떨어지게 먹었다. 식사를 마친 영숙씨는 거실에 홀로 앉아 있었다. 정면에 놓인 독특한 형태의 거실장을 멀거니 보다가 원목 장식장으로 눈길을 돌렸다. 여행지에서 샀을 법한 동물 모형의 목각 장식품과 금테가 둘린 영국산 찻잔이 진열되어 있었다. 장식장 맨 아래 칸에는 어항이 놓여 있었는데 그 속을 들여다본 영숙씨의 가슴이 철렁 내려앉았다. 새치가 군데군데 섞인 검은 머리 뭉치가 빽빽이 담겨 있었던 것이다. 어항 속 머리카락이라니?

"……저 머리카락은 가발인가요?"

다과가 담긴 쟁반을 들고 주방에서 나오던 민자씨에게 물었다.

"가발처럼 보이나요?"

민자씨가 어항을 바라보았다. 눈 둘 곳을 찾지 못한 영숙씨도 어항만 뚫어지게 보았다. 어색한 침묵이 흐른 뒤 민자씨가 말했다.

"저건 내 머리카락이에요. 자른 머리를 어항에 보관하는 습관이 있거든요."

"본인 머리를……요?"

"네."

"아하…… 소아암 환우들에게 기부하려고 모으시는 거죠?"

"소아암 환우요?"

"어디서 들은 것도 같아요. 아이들의 머리가 자랄 때까지 쓸 가발용으로 머리카락을 기부한단 얘기를요."

찻잔을 탁자에 내려놓던 민자씨의 눈이 동그래졌다.

"그것도 좋은 방법이네요."

그 말은 머리카락을 기부용으로 모은 게 아니라는 소리였다.

"그럼 여태 머리카락을……"

"그냥 모으게 되었어요. 그러다 습관이 됐고요."

"깎은 손발톱까지 저 어항에 보관하는 건 아니시죠?"

농담처럼 말했지만 영숙씨는 의심 가득한 눈빛을 숨기지 못했다. 입매를 야무지게 간동그린 민자씨가 둥글게 잘린 키위 한쪽에 포크를 꽂아 건넸다. 그걸 받은 영숙씨는 바라만 볼 뿐 과육에 입을 대지 못했다. 키위의 한가운데 점점이 박힌 검은 씨가 불길한 생각을 불러왔기 때문이다.

"나는요, 헤어숍에서 머리를 자를 때마다 불안감에 시달려요. 잘린 내 머리카락이 쓰레기통에 처박힌다고 생각하면 견딜 수가 없는걸요. 헤어숍의 쓰레기통에 수북이 담긴 머리카락을 보면요, 늙지 못하고 죽은 사람의 시신 같아요. 마음이 사무친다고 해야 하나 부대낀다고 해야 하나, 여하튼 그래요. 마음의 용량이 작아서 그런 걸까요?"

잠시 말을 끊은 민자씨가 담담한 눈으로 어항을 쳐다보았다.

"언제부턴가 잘린 머리를 가져와 저 어항에 보관하기 시작했죠. 내가 다니는 헤어숍 실장은요, 섭섭지 않게 팁을 챙겨주는데도 날 까다로운 노인네로 오해하고 있어요. 아무렴 그러라지요. 저 머리뭉치 좀 보세요. 저렇게 모으면 머잖아 작은 동산만해지겠죠. 긴 외출을 마치고 돌아와 어항에 담긴 내 머리카락을 보면 마음이 평온해져요. 그럼 된 거 아녜요?"

중국의 어느 소수민족은 혼인날을 받으면 신랑신부의 머리카락을 각각 한 줌이 못 되게 잘라 남은 인생을 당신에게 맡긴다는 의미로 서로 묶는 풍습이 있다고 전해들었다. 이처럼 머리는 굳은 결의나 언약의 표시로 자른다. 우리나라도 터럭과 살갗은 부모에게 받은 것이라 하여 소중히 여기는 전통이 있었다. 하나, 시절이 얼마나 변했는데 헤어숍에서 자른 제 머리카락을 주워와 어항에 보관하다니. 이 여자, 괜찮은 걸까. 많이 아픈 것은 아닐까.

"엄마, 앞집 어땠어?"

우희가 빼꼼히 열린 방문 너머로 고개를 내밀었다.

"뭐가?"

"실내를 어떻게 꾸미고 있더냐고."

"네 생각엔 어떨 것 같니?"

영숙씨가 하는 얘기에 대꾸하던 우희가 어느 틈에 거실로 나왔다.

"벽엔 거미줄이 주렁주렁하고 길게 내려온 비로드 커튼이 그 집 창문을 가리고 있을 것 같아. 곳곳엔 불 켜진 향초가 놓여 있고."

"마귀할멈의 집을 상상했구나."

"어."

"천만에, 너무너무 정갈하더라."

"진짜? 반전 오지네."

복도를 나눠 쓰며 마주보고 살았지만 영숙씨가 앞집을 방문한 건 그날이 처음이었다. 그동안은 민자씨가 영숙씨네 집으로 건너왔다.

"앞집에서 식사를 하다가 선반에 쌓인 라면을 우연히 보게 됐는데, 거 왜 ××라면이라고."

"그거 완전 구린 건데."

"그뿐이면 괜찮게? ××깡도 있더라."

"어디서 샀대?"

"아직도 파는 곳이 있다던데."

"와, 인간문화재감이네. 민자씨한테 밉보이면 장난 아니겠는걸. 한번 찍히면 끝까지 따라올 스타일이야."

영숙씨는 내친김에 어항 얘기도 전했다.

"헐…… 대박 사건."

우희가 펄펄 뛰었다.

"민자씨 남편이 실종됐다고 했지?"

"어. 오래전에."

"어항 속에 들어 있는 게 민자씨 남편 머리면 어떡해?"

"말이 되는 소릴 해라."

"아니란 법이 어디 있어? 죽은 사람 머리카락이면 우리 어떡하지?"

"남편이 무술 고수라던데."

"그라목손 제초제나 졸피뎀 같은 약을 사용했겠지."

"어디서 못된 것만……!"

참다못한 영숙씨가 우희의 등을 내리쳤다. 투실투실한 등살이 영숙씨 손바닥에 고스란히 감겼다.

"아 씨, 아프다고!"

"그러게 짬짬이 운동하랬잖아!"

공무원 시험을 준비하던 초기에는 성실하게 공부하는 눈치였는데, 시간이 지날수록 느슨해지더니 몸에 물렁살이 올랐다. 자기 몸을 저렇게 방치하다니. 영숙씨가 폭발한 것은 건강에 대한 우희의 무신경과 나태함 때문이었다. 우희가 어릴 적에는 키가 크고 호리호리했다. 아이의 긴 팔다리를 눈여겨보던 유치원 원장이 발레를 가르치라고 조언했다. 영숙씨는 자린고비 남편이 놀랄까봐 발레 학원 강습료를 절반으로 줄여 달마다 그 정도의 금액을 낸다며 거짓말을 했다. 멋대가리라곤 없던 남편도 토슈즈를 신은 우희를 보면 큰 입을 벌리고 흐물흐물 웃었다. 산골 오지에서 남편 눈치를 보며 어렵사리 발레를 가르쳤는데 발레리나가 되진 못할망정 왕년에 발레 좀 한 것 같다는 말은 들어야 되는 것 아닌가? 우희에게 들인 본전을 생각하자 마음이 팍팍해졌고, 저 꼬락서니를 보지 않고 일찍 세상을 뜬 남편이 새삼 부러웠다. 어쩌면 망가진 사람들을 물리도록 만난 남편은 이 정도야 껌이지, 라는 뜻이 내포된 자애로운 얼굴로 우희를 바라볼지도 모르겠다.

영숙씨는 시내에 있는 원룸을 얻어줄 테니 거기서 공부하라고 우희에게 누누이 말했다. 서울과 수도권 공시생은 고시촌에서 머리를 싸매고 한다던데 저래가지고 무슨 공부가 되겠나 싶었다. 공시 이 년 차에는 카페와 도서관에도 나가더니 요즘은 집에 틀어박혀 있다. 제 딴엔 온라인 강의를 들으며 한다지만 저렇게 집중력이 떨어지는데 무슨 공부가 될까? 또 한 명의 히키코모리가 탄생할까봐 영숙씨는 내심 불안했다.

엉덩이와 무릎이 불거진 트레이닝 바지 좀 보라지. 언제까지 저 꼴로 지낼 것인지. 이십대에는 산발한 머리를 휘날려도 트레이닝 바지를 입어도 푸르고 싱싱한 기운이 우희를 감쌌다. 그것은 누구도 빼앗지 못하는 활력이고 우희의 독특한 매력이었다. 삼십대로 접어드니 머리를 풀면 그 자리에서 바로 귀신이 된다. 우희도 그걸 알고 있다.

"민자씨, 집착이 심한 것 같긴 해."

한 살이라도 나이 많은 사람이 양보해야 될 것 같아 영숙씨가 긴장된 분위기를 풀었다. 팽, 토라졌던 우희의 눈에 금방 생기가 돈다. 하여간 뒤끝은 없는 애다.

"집착 정도가 아냐. 자른 머리를 어항에 넣어둔 것도 수상한데 그걸 감상하고 있다니. 그게 제정신이야?"

"현미경을 들이대면 누구나 이상하기 마련이라니까."

"앞집 민자씨는 정상이 아냐. 병원에 가야 한다고."

"그만한 일로 병원에 간다면 온전한 인간이 얼마나 되겠니. 모르긴 해도 신경정신과로 죄 몰려가야 할걸. 조울증, 공황장애, 강박…… 또 뭐가 있지? 아, 지나친 자기애, 이것도 가볍게 볼 게 아니래. 자기애가 심한 사람과 한 공간에서 지내면 오싹할 때가 많다더라."

"죽은 남편의 머리카락을 보며 희열을 느끼는 유형일 수도 있어."

"넌 애초에 민자씨를 삐딱하게 봐서 그런 생각을 하는 거야."

뭐든 아름답게 볼 나이건만. 교도관사에서 나고 자란 아이여서 생각이 나쁜 쪽으로 기우는 것인가. 이럴 때 남편이 곁에 있었다면 힘이 되었을까? 영숙씨는 무심결에 양심의 가책을 느꼈다. 교도관인 남편은 가끔 도둑처럼 보였다. 경직된 표정, 사방을 경계

하는 눈초리가 더더욱. 2부제 맞교대 근무가 시작되면 반 구금 상태로 도둑들과 이십사 시간을 지내기 때문에 더 그래 보였는지도 모르겠다. 영숙씨는 언젠가 강력계 형사들을 만날 기회가 있었는데 그들도 범인과 똑같은 얼굴을 하고 있었다. 무얼 먹고 어떤 공간에 거주했는지에 따라 인간의 성격과 취향이 결정된다. 외국에 나가면 쌀을 먹는 종족은 얼굴과 몸의 형태가 확연히 구분되기 마련이다. 평소 자주 먹던 식재료에 의해 관상이 달라진다. 남편 주위에는 항상 배신, 음모, 사기, 협잡, 살인, 강간 같은 거친 단어가 난무했다. 남편은 그 말을 저녁노을이나 배추, 양파, 하늬바람, 구름, 이웃과 같은 의미로 간주하는 눈치였다. 입에 흔연히 올리곤 했으니까. 오래전 영숙씨는 왜 남편을 바꿀 생각을 안 했는지 모르겠다며 우희에게 하소연한 적이 있었다.

"아빠를 바꾸지 그랬어?"

우희가 되레 물었다.

"바꿔봤자 그 나물에 그 밥이면 뭐하니? 무엇보다 우희 널 못 만나잖아."

"다른 사람이 내 아빠였으면 훨씬 좋은 유전자를 가진 아이로 태어났을 텐데. 엄마 나빴어."

어린 우희는 아빠가 바뀌지 않은 걸 아쉬워했다. 그때만 해도 우희에겐 가능성이 있었다. 트레이닝 바지의 보풀을 일삼아 뜯는 우희를 보자 열불이 명치까지 치솟았다. 국가직 7급 일반행정직은 말할 것도 없고 9급 일반행정직, 지방직 9급 시험까지 줄줄이 떨어진 우희가 어느 세월에 공무원이 될까?

"참 한가하구나. 여유만만해서 좋네."

영숙씨의 잔소리에도 흔들림 없이 보풀을 뜯던 우희가 천연덕스레 물었다.

"앞집이 이사오던 날 기억나? 난 민자씨 인상이 섬뜩했어."

"네가 민자씨를 의심하는 게 그 때문이야. 첫인상이 평생 간다는 말도 있거든."

민자씨와 인연을 끊을 생각도 해보았으나 영숙씨 뜻대로 되질 않았다. 한 사람을 마음에 들이는 일이 산을 옮기는 것만큼이나 어려운데 하물며 시절이 무르익어 도래한 인연임에야. 불가에서는 그걸 시절인연이라고 한다. 우희의 지속적인 염려에도 불구하고 정이 든 탓인지 영숙씨는 앞집 여자와 많은 대화를 나눴다. 어떤 종류의 정이냐고 묻는다면 해명할 수 없는 이끌림이라고밖에 설명할 길이 없다. 민자씨와 같이 있으면 주위의 사물이 본래보다 산뜻하고 가벼운 색감으로 변했고 두 사람을 둘러싼 공기와 빛, 소리의 파장이 극대화되는 느낌이었다. 영숙씨는 그게 민자씨의 독특한 어세와 음성 탓이라고 여겼다. 자분자분한 목소리가 제 가슴속에 드리워진 어떤 줄을 잡아서 흔든 탓이라고 생각했다. 반면 우희는 앞집을 꺼림칙하게 여겼다. 민자씨의 눈이 삼각형으로 묘하게 생긴데다 주변을 가만가만 살피는 시선에서 불길함이 느껴진다고 했다.

"선입견 탓이야. 사람이 늙으면 눈도 함께 늙거든. 민자씨는 지나치게 고요할 뿐이야."

"엄마 눈은 안 그래. 내가 그것도 모를까. 앞집 민자씨는 어째 사람이 선명하질 않아."

세상은 욕망이 충돌하는 곳이고 자신의 이익에 따라 움직이는 게 인간이라며 무턱대고 상대를 신뢰하는 것만큼 큰 도박은 없다고 우희가 충고했다. 그러곤 쫑얼쫑얼 덧붙이는 말이 놀랍고 언짢았다. 순수하고 청아하게 태어난 인간은 일생을 사는 동안 자신이 지닌 눈부신 빛덩어리를 힘껏 훼손하기만 하다가 결국 유해한 존재로 세상과 작별한다. 그러니 인간에게는 기대를 하지 않는 것이 실수를 줄이는 길이라고 우희는 잘라 말했다. 영숙씨는 세상사에 그토록 달통한 인간이 어찌 삼수 끝에 대학엘 가며 졸업 후 공시를 사 년씩 준비하느냐, 라는 말이 곧 나올 것 같아 그만 입을 다물었다. 우희와 입씨름하여 좋게 끝난 기억이 없었다. 저열하고 유치한 말을 골라 스매싱하듯 주고받은 뒤 상처 입을 게 뻔했다.

영숙씨는 질서정연한 것을 좋아한다. 선반에 가지런하게 놓인 컵, 싱크대 손잡이에 걸린 부엌 수건, 살균한 마른행주 묶음, 조금씩 고쳐가며 사용하는 오래된 가구들. 미처 정리하지 못해 어지러이 널린 생활용품도 영숙씨의 규칙 아래에 있다. 집을 나서면 아는 사람과 오 분마다 마주치는 오래된 동네에서 은행 채무 없이 안정적으로 살았다. 짠 내를 풍기던 결혼생활이 몸서리치게 싫었으나 지나보니 나쁘지 않았다. 피눈물 나게 절약한 덕분에 집칸이나마 일찍 마련했고 남편이 남긴 유족연금으로 일하지 않고도 우희와 살 수 있었다. 퀴퀴한 일상을 유지해야 된다는 원칙만 지킨다면. 물론 불도저처럼 맹렬했던 남편의 삶이 서글퍼질 때도 있었다. '겨우 요걸' 물려주려고 그토록 분투했나 싶은 것이…… 앞뒤 여백 없이 빡빡한 성정이었던 남편은 어떤 일을 결정하면 그 선을 따라 불도저처럼 밀어붙였다. 그 습벽이 병을 키웠을 것이다. 남편은 무궁화 네 개를 어깨에 달 날만 기다렸고 실제로 소장 진급을 앞두고 눈을 감았다.

'겨우 요걸'은 우희의 표현이다. 롯데리아에 가면 콜라와 감자튀김도 없이 햄버거와 물만 먹어야 된다거나 식사는 부족하지 않게 하지만 후식을 생략하는 간소한 식생활을 빗댄 표현이었다. 핵심이 절묘하게 빠진, 방점이라곤 찍을 수 없는 생활이라나? 우희가 비난하건 말건 영숙씨는 남편의 분투를 기리기 위해서라도 '겨우 요걸' 굳게 지키기로 다짐했다. 윗돌을 괴자고 밑돌 빼는 짓 따위는 하지 않았고 남편이 남긴 물적자원의 범위 안에서 자족하며 지냈다.

그런데 아, 우희 고것이 안일하다며 종알거리는 게 아닌가. 갓 서른이 된 아이가 알면 얼마나 알까. 우희는 안정 지향적인 삶이 지리멸렬하다고 폄하하지만 영숙씨의 입장은 다르다. 그녀는 FM 라디오에서 흘러나오는 〈세상의 모든 음악〉을 들으며 느릿느릿 저녁을 준비하는 시간을 더할 나위 없이 좋아했고 우희와 마주앉아 제철 생선의 살을 알뜰하게 발라 먹는 행위를 축복으로 여겼다. 영숙씨는 자신이 가꾼 일상의 평화가 오래 지속되리라 믿었고 그로 인하여 날마다 안도했다.

*

우희는 민자씨에 대한 의심을 쉽게 거두지 않았다. 이웃의 말을 무턱대고 믿을 순 없다. 신원확인 없이 교류하는 건 바보나 하는 짓이다. 우희에게 귀 따갑게 들은 말 때문에 영숙씨는 일부러 앞집에 건너가 벽에 걸린 민자씨 남편의 사진을 들여다봤다. 우리나라에 태권도협회가 창설된 후 민자씨 남편은 해외 사절단의 일원으로 24개국을, 이듬해 유럽과 중동 쪽의 나머지 나라를 돌아보고 들어왔다. 그 일을 기점으로 1973년 세계태권도연맹이 태동되었고 격파와 발차기깨나 한다는 귀때기 새파란 청년들이 너나없이 해외로 나갔다. 중앙정보부는 애국정신이 투철한 태권도 사범을 추려 각국에 급파했다고 민자씨가 힘주어 말했다.

"저런…… 결혼한 아내를 시댁에 두고 외국에 혼자 가다니 나쁜 분이네요."

"아유, 우희 엄마가 몰라서 그래요. 1970년대 후반에는 그런 일이 흔했거든요."

"어떻게든 아내를 불러들일 방법이 있었을 텐데요."

"그럴 형편이 아니었어요. 그리고 우리 그이, 나쁜 사람 아니에요."

가벼운 한숨을 내쉰 민자씨가 애틋한 눈으로 허공을 쳐다보았다. 영숙씨는 그 남편분과 내내 살았으면 지금은 다른 눈빛일 거라고 말하고 싶은 걸 겨우 참았다. 민자씨 남편이 미국으로 건너간 게 1970년대 후반, 민자씨와 연락하며 지낸 기간을 넉넉히 잡아 십 년으로 계산하면 1980년대 후반이 된다. 삼십 년 가까이 소식이 끊긴 셈이었다. 설마 저 여자, 남편이 돌아오길 여태 기다리는 건 아니겠지. 아무렴, 민자씨도 사람인데 그렇게 미련하겠어. 그런 마음이면서도 영숙씨는 생매장이라는 단어를 떠올렸다. 귀밑머리가 풀린 채 다소곳이 앉은 다홍치마 초록 저고리 차림의 신부와 옷고름이 찢긴 줄도 모르고 줄행랑을 치는 철없는 신랑의 모습이 보이는 듯했다. 남루한 상상력이 괜스레 민망해진 영숙씨는 거실에 걸린 민자씨 남편의 사진을 올려다보았다. 대통령의 해외순방 일정중에 찍은 사진 같았다. 여적 홀로…… 대통령의 뒷줄에 굳은 표정으로 서 있는 남편의 얼굴은 눈에 들어오질 않고 민자씨의 말만 자꾸 생각났다.

우리 그이, 나쁜 사람 아니에요.

그제야 그녀가 남편을 나쁜 사람으로 믿으면 안 되는 이유를 영숙씨는 알 것 같았다. 그렇게라도 결사적으로 믿어야 되는 이유를 납득할 수 있을 것 같았다. 거짓인 줄 알면서도 불안에서 벗어나기 위해 진실이라고 믿는 이들을 봐왔으니까. 남편을 믿지 않으면 민자씨의 지난 시간은 뭐가 될까? 우희의 성화에 못 이긴 나머지 신원을 확인하게 된 거지만 그로 인하여 영숙씨 마음이 개운해졌다. 신원이 확실한 사람과 이웃으로 지내는 것은 경위야 어떻든 안심되는 일이었으니까.

"저어…… 더운물 좀 주시겠어요."

현관문을 열자 민자씨가 비 맞은 수탉처럼 고개를 늘어뜨리고 서 있었다.

"왠지 집에 들어가기 싫어서요."

누구나 그럴 때가 있다. 하지만 폭염이 사나흘 이어지고 있었다. 몸이 저절로 처지는 날씨에 더운물을 찾다니. 영숙씨가 몸을 틀어 길을 내주었고, 발소리도 없이 실내로 들어온 민자씨는 식탁 의자에 무너지듯 주저앉았다. 정수기 앞에서 온수를 받는데 지는 노을이 서창으로 보였다. 영숙씨는 주방 등을 켠 뒤 민자씨 앞에 온수를 놔주었다. 그제야 칙칙한 민자씨의 얼굴에 미소가 번졌다.

"전에 말한 매립지 건으로 시청에 갔었거든요. 담당 공무원이 김민자씨는 제가 하는 말을 조금도 알아듣지 못하잖아요, 이러며 마구 몰아대는 거예요."

된통 당하고 온 모양이었다.

"작성할 신청서가 있었는데 일부러 어려운 한자만 사용하기로 작당한 것 같지 뭐예요."

온수를 불어 한 모금 마신 민자씨가 느리게 말을 이었다.

"내가 한문에 약한 편이에요. 무슨 뜻인지 모르겠어서 쉽게 설명해달라고 했더니 담당 공무원이 오늘 설명해줘도 내일이면 또 모르겠다고 찾아오실 거잖아요, 소리를 치며 내 주민증을 낚아채서 책상 위에 던지는데 기가 막혔어요. 관공서에서 서류를 능숙하게 작성하는 사람이 몇 명이나 될까요?"

영숙씨도 겪은 일이어서 울컥, 했다.

"공무원의 이름이 뭔가요? 그런 인간은 혼을 내야 해요."

"혼내긴요. 내 입장이 그럴 만하질 못한데요."

초인종 소리에도 기척이 없던 우희가 때마침 방문을 열고 나왔다. 영숙씨는 신청서를 대리 작성해주자며 우희를 부드럽게 구슬렸다. 귀찮다는 듯이 얼굴을 찌푸리며 제 방으로 도로 들어가는 우희를 따라 영숙씨도 들어갔다. 우희의 방은 발 디딜 곳 없이 어질러져 있었다. 각종 전기 코드가 책상 밑에 뭉쳐져 있고 쌓아올린 옷가지로 침대가 완전히 덮여 있었다.

"이런 방에서 퍽이나 공부가 되겠다!"

욱한 나머지 우희의 등을 쥐어박고 말았다.

"또 때리면 경찰에 신고할 거야!"

우희가 악을 썼다.

"신고해. 안 하기만 해봐!"

흥분한 영숙씨는 어느새 민자씨를 잊고 있었다. 그 시각 민자씨는 우희의 방에서 끊임없이 새어나오는 소음을 견디며 식탁 앞에 오도카니 앉아 있었을 것이다. 그녀는 혼자만 분리된 것 같은 무참하고 겸연쩍은 순간을 참아내는 신통한 능력이 있었다.

영숙씨는 시험이 며칠 남지 않았다며 툴툴거리는 우희를 겨우 달래어 신청서를 대리 작성했다. 민자씨가 시청과 해양수산부의 홈페이지에서 그 많은 신청서를 어떻게 다운받을 것이며 또 그걸 어찌 작성하여 제출하겠는가? 영숙씨가 소몰이하듯이 우희를 몰아댄 것은 곤란한 지경에 빠진 이웃을 돕고 싶어서였지 결코 다른 뜻은 없었다. 상처 입은 짐승처럼 측은한 앞집 여자에게 베푼 영숙씨의 작은 호의였다.

이 여자 좀 봐.

그러나 서류를 함께 살펴보던 영숙씨는 문득 긴장을 느꼈다. 민자씨가 시청과 해양수산부에 접수한 서류는 마리나 사업 신청서였다. 서류 작성은 물론 문자조차 제대로 찍어 보내지 못하는 사람이 거대한 항만 사업이라니. 마리나는 요트와 모터보트 등의 선박을 위한 항구로 배를 해상에 계류하거나 육상에 보관할 수 있도록 편의를 제공하는 시설과 클럽 하우스, 주차장, 호텔, 녹지공간을 포함하는 넓은 의미의 항만을 가리키는 말이었다.

여자 사기꾼은 고상하고 조신하다며 남편이 충고했었다.

"교도소에 들어온 여자 대부분은 사기, 간통, 소매치기야. 그 가운데 가장 교묘한 게 사기지. 얌전하면 간통으로 착각하기 쉬운데 실상은 그게 아냐. 어이, 새겨들어. 여자 사기꾼은 조신하고 심지어 고상하기까지 해."

민자씨가 고상하진 않지만 조신한 편이긴 했다. 민자씨에 대한 의심이 영숙씨의 뇌리를 스치는데 오히려 신청서를 대리 작성하던 우희가 마리나 사업에 관심을 보였다. 민자씨라면 질색하던 아이가 제 앞날이 오죽이나 불투명하면 그랬을까? 엄마와 사는 낡은 아파트와 견주니 민자씨가 설계한 수정 마리나는 넓고 쾌적한 이상향 같았겠지.

영숙씨가 어릴 적에 유난히 따랐던 사촌오빠가 있다. 결혼을 앞두고 있을 때 영숙씨 남편감이 불학무식해 보인다며 결사적으로 반대했다가 남편과 주먹다짐 직전까지 간 적도 있다. 우희한테 공무원 시험을 준비하라고 권유한 것도 그 오빠였다.

"공시에 붙기만 하면……"

그 말 뒤에 오빠가 하지 못한 말, 말은 아니나 말일 수도 있는 침묵, 영숙씨는 그 침묵에 기대어 한껏 들떴다. 사촌오빠는 허튼 사람이 아니다. 공시를 무난히 통과하면 우희가 승승장구하는 건

불 보듯 뻔한 일이라고 생각했다. 퇴직한 고위공무원이긴 하나 각계에 인맥을 굳힌 오빠가 우희의 뒷배를 봐줄 것이다. 그러나 그건 시험에 붙은 후에 가능한 일이다. 뜻밖에 우희의 관심을 사로잡은 마리나. 영숙씨가 그 사업 얘기를 불쑥 꺼낸 곳은 대학병원 푸드 코트였다.

사촌오빠의 아내가 위장에 생긴 작은 선종을 제거하는 내시경 시술을 받게 되었다. 면회를 마치고 나오는데 따라 나온 오빠가 식사를 같이 하자고 했다. 우희 때문에 집에 가야 한다고 말했더니 걔가 애냐, 네 인생이나 챙겨, 하는 잔소리가 돌아왔다. 지하 일층 푸드 코트로 내려가 설렁탕을 먹은 뒤 옆 카페로 자리를 옮겼다. 메뉴판을 훑어보던 오빠가 어떤 걸 마실 거냐고 물었다.

"나는 아아."

"아아? 그런 메뉴는 여기 없는데."

"요즘 애들은 아이스 아메리카노를 그렇게 주문하더라고요."

"별걸 다 줄인다. 넌 용케 그 말을 알았네."

"저야 우희한테 들었죠."

"우리 애들은 모를걸. 걔들도 늙었으니. 허허…… 말이든 뭐든 온통 줄여. 세상이 어찌되려고."

못 본 사이 오빠는 허리가 굵어졌고 흰머리도 부쩍 늘었다. 이태 만에 확연히 변한 오빠를 보자 콧등이 시큰해진 영숙씨는 분위기를 바꿀 따뜻한 말을 찾다가 마리나 사업에 관해 물어보게 되었다. 오빠가 '아아'처럼 뾰족하고 얄미운 말은 몰라도 마리나에 관해서라면 소양이 넓고 아는 것도 많을 것 같아서였다. 이 세상이 젊은이들 중심으로 돌아가는 게 아니라는 걸 오빠한테 알리고 싶었고, 아직 폐기처분을 당할 나이가 아니라는 걸 확인시킬 필요가 있었다. 그래서 얼결에 말을 꺼냈던 것이다.

"미국과 영국 같은 선진국은 말할 것도 없고 호주와 싱가포르, 말레이시아만 해도 그 사업의 규모가 대단해. 우리나라는 삼면이 바다여서 앞으로 마리나 사업이 크게 성장할 거야. 그런데 갑자기 마리나는 왜?"

오빠가 집요하게 추궁했으나 영숙씨는 건너 들은 얘기라며 얼버무렸다. 오빠까지 마리나 사업에 흥미를 보이자 민자씨를 향한 의심과 거기서 비롯된 불안이 차츰 가셨고, 그녀에 대한 호기심은 전보다 강하게 끓어올랐다. 어제가 오늘 같고 오늘이 어제 같았던 영숙씨의 지루한 일상에 변화가 찾아왔다. 연기가 나자 바람을 훅 불어넣어 불꽃을 지핀 건 우희였지만.

그즈음 우희는 시험을 앞두고 있었다. 소음에 어찌나 민감한지 개미가 기어가는 소리도 듣는 것 같았다. 영숙씨는 티브이 소리는 물론 발소리, 물소리조차 내지 못하고 지냈다. 집에 있으면 우희의 신경을 건드릴 것 같아서 꽃모종을 들고 집을 나서는 민자씨를 따라갔다. 승용차로 십오 분 정도 가니 드넓은 호수가 펼쳐졌다.

"여긴 바다와 수로가 연결된 탓에 담수와 해수가 섞여 있어요. 앞바다를 지나는 선박들이 풍랑을 피할 수 있는 유일한 곳이기도 하고요. 조선시대에는 이 호수가 내항 역할을 했다나봐요."

호수 너머가 바다여서 호안을 드나드는 작은 배들이 간간이 보였다.

"저기가 내 땅이에요."

그곳만 꽃이 피어 있어 영숙씨는 한눈에 알아보았다. 그 땅은 호숫가 정중앙에 위치해 있었다. 옆은 무성한 갈대밭이었고 뒤로 평평하게 다진 넓은 땅이 이어졌다.

"호수를 정면으로 볼 수 있는 노른자위 땅을 어떻게 사셨어요? 이런 땅은 돈이 있다고 아무나 살 수 있는 게 아니잖아요."

"땅과 내 운이 맞은 거죠. 이 매립지는 시에서 조성한 건데 유원지 개발사업이 엎어지자 물가의 진땅으로 전락한 천덕꾸러기였어요. 그러니 내 손에 들어왔겠죠. 늪지는 거저 줘도 갖는 게 아니라며 지인들이 만류했지만 한번 꽂히니 사지 않고 버틸 도리가 있어야죠."

"유원지 개발사업이 엎어지다니요? 시청과 해수부에 마리나 사업 신청을 하셨잖아요."

우리가 머리를 맞대고 '수정 마리나'라는 이름을 지은 게 불과 두 달 전이었다. 신청서를 작성하던 우희가 회사명을 생각해둔 게 있느냐고 민자씨에게 물었다.

"어, 없는데."

민자씨가 곤혹스런 얼굴로 우희를 쳐다봤다. 저래서야…… 우희의 수고가 헛일이 될 가능성이 높다는 걸 그때 짐작하기는 했지만 시작하기도 전에 엎어지다니.

"큰 사업은 시간 싸움이죠. 외환위기의 여파로 시에서 추진하던 유원지 개발사업이 엎어지자 너나없이 매립지를 내놓기 시작했어요. 내가 땅을 산 건 그 무렵이고요. 이 뒤에 있는 넓은 땅은 이름을 대면 알 만한 대기업이 그때 헐값으로 주운 거예요. 그후로도 이 매립지는 수십 년간 방치됐었죠."

"그동안 잘 버티셨네요."

"털어버릴 수가 있어야죠. 이십여 년이 흐르자 호숫가를 유원지로 다시 개발한다는 소식이 들리더군요. 내 매립지 옆의 갈대밭 주인은 박사장이라는 사람인데 여수에서 마리나 사업을 하고 있어요. 그 사람이 내 땅을 넘보는 것 있죠. 하루는 동업하자고 제안했다가 어느 날은 시세의 세 배를 쳐줄 테니 매립지를 넘기라며 날 회유하기도 하고요."

"그분은 갖고 있는 마리나나 운영하지 웬 욕심이 그렇게 많대요?"

"세계경제는 저성장의 늪에 빠졌고 앞으로 발전 가능성이 있는 분야는 정보와 항만뿐이라더군요. 부대시설이 많은 항만은 황금알을 낳는 거위와 다름없대요."

"정보는 대체 어디서 얻는 거예요?"

"심심하면 부동산 사무실에 가거든요. 길을 트면 놀러가기 좋은 곳이에요. 집이나 땅을 보러 오는 손님이 늘 있는 것도 아니고요. 거기서 공인중개사와 잡담하며 유용한 정보를 주워듣는 거죠."

민자씨는 서류를 올바르게 작성하진 못하지만 세상에 떠도는 말을 잘 담아두는 좋은 귀를 가졌다. 그 힘이 그녀를 버티게 해줬을 것이다.

"박사장의 속셈을 모르지 않아요. 내 땅과 자기 땅을 합친 후 대기업과 겨룰 계획인 거죠. 어차피 사업 신청자는 셋이에요. 대기업과 박사장, 그리고 나. 가진 땅은 작은데 위치가 좋으니 대기업이 날 견제하네요."

1997년에 국내경제가 유례없이 악화되었다곤 해도 풍광 좋은 땅을 개인이 사기는 어려웠을 것이다. 당시 민자씨가 쓴 수법은 건축업자들이 말하는 속칭 '알박기'였다. 사달이 난 후 왜 이실직고하지 않았느냐며 영숙씨가 대차게 따진 적이 있었다.

"나요, 알박기 안 했거든요. 우희 엄마는 믿으셔야 해요."

민자씨가 높지도 낮지도 않은 목소리로 자분자분 하는 말을 듣고 있으려니 세상 물정 모르는 여자가 온갖 수난 끝에 뜻하지 않게 이룬 횡재로 포장이 되는 거였다. 놀라웠다. 민자씨는 자기가 마리나 사업에 선정될 거라는 순진한 기대를 하고 있었다. 우희가 사업 신청서를 작성할 때 영숙씨는 옆에서 마리나 사업 공모 요강을 꼼꼼히 읽어보았다. 황금알을 낳는 사업이라는데 민자씨 의중대로 될까?

"우희 엄마도 내가 미덥지 않죠. 꼬부랑 할머니 같은 여자가 사업을 제대로 할까 의심쩍죠. 그래서 시청 직원이 구박하는 거예요. 여기서 흙일을 하다 말고 시청에 달려가곤 했으니 내 꼴이 우습게 보였겠죠. 그래도 난 끝까지 버틸 거예요. 그거 생각보다 쉬워요. 누가 뭐라든 가만히 있으면 되거든요."

땅바닥의 지렁이도 한자리에 붙어 있지 못하는데 보행 가능한 인간이 수십 년 동안 꼼짝 않고 있는다니, 그게 가능할까? 사람마다 성정이 달라 그러려니 하던 영숙씨가 제 이마를 살짝 쳤다. 화석 속 곤충처럼 남편을 내리 삼십 년 동안 기다린 사람이 민자씨라는 걸 깜빡 잊고 있었기 때문이다.

민자씨는 매립지에 꽃모종을 심은 후 근방의 풀을 맸다. 그 일을 마친 후에야 영숙씨와 한 시간 남짓 호숫가를 걸었다. 영숙씨는 수변에서 나온 물오리들이 살찐 궁둥이를 씰룩이며 갈대밭으로 들어가는 걸 보았고, 무성한 잡풀 속에 숨은 듯이 핀 하늘말나리와 붉은 곰딸기도 보았다. 두어 발짝 앞서 걷던 민자씨가 팔을 활짝 벌렸다. 그러곤 날갯짓하듯 아래위로 흔들기 시작했다. 새처럼 하늘로 날아오를 기세였다. 영숙씨는 채신머리없이 왜 저러나 싶어 민자씨와 떨어져서 걸었다. 그러다 호수에서 달고 상쾌한 바람이 불어오자 민자씨가 왜 그런 행동을 했는지 이해했다.

"이 바람 이 풍경이 모두 내 거예요."

자부심이 깃든 미소가 민자씨의 얼굴에 떠올랐다 사라졌다. 저 마음으로 이십여 년을 버틴 거구나, 라는 생각을 하고 있을 때 우희의 문자가 도착했다. 마리나 사업 1차 심사에서 떨어졌다는 소식이었다. 방금 확인했다며 우는 모양의 이모티콘이 찍힌 문자가 휴대폰 화면에 떠 있었다. 뽑힌 것은 대기업과 박사장이었다.

"1차 심사는요, 우선협상대상자를 뽑는 거예요. 위치가 좋은 땅을 가진 날 밀어낸 걸 보면 선정 과정에 농간이 있었던 게 분명해요."

"어쩌면 잘된 일인지도 몰라요. 자기 자금을 투자해 항만을 개발해야 한다는데 소시민이 그걸 어떻게 하겠어요."

영숙씨가 민자씨를 다독였지만 갑자기 닥친 불운으로 상심한 민자씨에겐 어떤 위로도 통하지 않았다.

"그간 들인 내 정성이 얼만데요? 말로는 표현하지 못할 만큼의 노력이…… 그 시간을 우희 엄마가 얼마나 안다고 어쭙잖게 값싼 위로를 하려 들어요, 들길? 호수 마리나는 조수 간만의 차가 없어서 안전하고 비용이 적게 들어요. 바다 마리나와 달리 규모가 작아도 된다고요. 그 정도 돈은 내게 있단 말예욧!"

민자씨가 불같이 화를 내며 쏘아붙였다. 이 여자가 내가 알던 그 김민자란 말인가? 이건 변해도 어느 정도여야지. 이런 대접 받으려고 도와줬나 싶은 것이 영숙씨는 찬물을 덮어쓴 기분이었다.

기막히고 어리둥절한 채로 돌아와 방에 드러누워 있으려니 등이 가려웠다. 민자씨가 분수에 맞지 않는 일을 탐낸 것 같았다. 배짱이 없는 줄 알았는데 간이 크다는 생각, 민자씨에겐 작은 식당이나 장신구 노점상이 제격이라는 생각마저 들었다.

*

모두의 예상대로 마리나 사업자로 대기업이 최종 선정되었다. 그러자 환경단체가 개발을 반대하고 나섰다. 매립지 앞의 호수는 철새 도래지였다. 환경단체는 수상 레저 사업인 마리나만이라도 막아보려 했으나 지역 여론의 힘을 얻지 못했다. 철새 도래지의 생태학적 가치만 일방적으로 선전한 게 패인이었다. 어느 곳이나 개발 욕구가 환경보전의 욕구보다 크기 마련이다. 우리 지역에 대기업이 들어온다는데 사과파이 몇 조각은 떨어지겠지, 라는 마음으로 시민들이 동조하지 않았다며 우희가 휴대폰 화면을 손가락으로 휙휙 넘겨가며 알기 쉽게 설명해주었다.

이럴 땐 얼마나 야무지고 똑똑한지, 지방직 9급 시험에 떨어질 애처럼 보이지 않았다. 영숙씨는 올해도 어김없이 시험에 떨어진 우희가 생채기 난 감자처럼 일주일 정도 비비적거리며 방구석에 굴러다닐 줄 알았다. 그런데 단정한 바지 차림으로 나다니기 시작했다. 시험에 자주 떨어지면 나름의 저항 근력이 생기는 모양이다. 영숙씨도 얼굴을 찡그리거나 애석해하지 않았다.

환경단체의 철야농성이 벌어질 예정인 호숫가에 우희와 도착하니 벌써 천막이 세워졌고 '호수 살리기 범시민 운동본부'라고 적힌 깃발이 바람에 나부끼고 있었다. 매립지를 헐값에 사들인 후 기회를 엿보던 대기업이 괘씸했던지 시위대는 마리나 사업을 주도한 시청보다는 대기업을 몰아세웠다. 대기업을 향해 악의 축 운운하던 시위대가 환경영향평가 재평가를 요구하며 함성을 질러댔다.

대반전이 일어난 건 그 무렵이었다. 마리나 사업에 선정된 대기업의 용역업체와 시장, 담당 공무원이 한꺼번에 고소당하는 사태가 벌어졌다. 영숙씨는 환경단체가 벌인 일로 짐작했는데 뜻밖에 고소인이 박사장이었다. 마리나 사업에서 헛물을 켠 그는 우선협상대상자가 되어 대기업과 겨뤄봤으니 미련이 남았을 것이다. 우리가 그 소식을 접했을 때는 박사장이 증거자료를 제출한 후였다. 자고 나면 대기업의 뇌물 뒷돈 커넥션 같은 말이 쏟아져나왔고 고소인 박사장은 검경의 턱밑까지 내부 자료를 들이댔다. 이때부터 먹고사는 일에 급급했던 시민들도 동요하기 시작했다. 아파트 주민 서넛이 모이면 그 문제로 말이 많았다.

—환경단체가 박사장과 손잡고 대기업에 반격했다더라.

—박사장이 시청 관계자에게 뒷돈을 주고 내부 자료를 빼돌려서 일이 커졌다더라.

—이 사건을 설계하고 큰 그림을 그린 사람은 따로 있다더라.

SNS를 타고 흘러다니던 흉흉한 말이 동네 골목까지 파고들었다. 저러다 사람을 잡겠구나 싶었는데 아니나 다를까, 마리나 담당 공무원이 호수에서 투신자살했다. 자살을 당했다는 살벌한 말까지 나돌았고 지역신문은 이 문제로 지상논쟁을 벌였다.

호수를 유원지로 조성하려던 시청과 환경단체가 팽팽한 대립관계를 이어온 게 장장 이십오 년이라고 했다. 마리나 사업 담당 공무원은 예민한 시기에 왜 호수에 투신했을까? 그에겐 말하기 어려운 가정사나 우울증도 없었다던데.

호수 앞에 메기탕을 파는 허름한 식당이 있다. 선대 때부터 운영해온 식당인데 그 집 아들이자 이젠 사장이 된 남자가 담당 공무원의 사체를 발견했다. 사체를 인양한 장소를 보고 싶다고 했더니 자신의 나룻배로 영숙씨와 우희를 호수 언저리로 데려갔다.

"새벽에 그물을 걷으러 나갔다가 봤어요. 그날따라 호수에 안개가 독하게 껴서 처음엔 사람인 줄도 몰랐다니까요."

메기탕 집 주인의 앞니가 심하게 벌어져 있었다.

"사체를 본 장소가 이쯤이에요. 이 능수버들 옆에 걸려 있었어요."

벌어진 잇새로 바람이 들어오는지 그가 몸을 웅숭그리고 말했다. 영숙씨는 우희와 나룻배에 나란히 앉아서 호수를 둘러보았다. 나룻배 바로 옆에는 우람한 능수버들 한 그루가 미친년처럼 머리를 풀어헤치고 있었다.

환경단체의 반대운동은 본질적으로는 생태 보전이 목적이지만 현실적으로는 개발을 반대한다. 환경단체의 반대가 거센데다가 시청에서 선정한 최종 사업자와 시장, 담당자가 한꺼번에 고소를 당하자 윗선에선 가장 만만한 부하 직원인 마리나 담당 공무원을 압박했을 것이다. 하지만 그게 자살의 원인일까? 그 보직을 담당하며 이와 비슷한 일을 여러 번 겪었을 텐데. 대기업이 마리나 사업자로 선정되면 환경단체가 반대할 거라는 건 누구나 예측할 수 있다. 이권이 큰 사업인 만큼 탈락자의 반발도 짐작할 수 있다. 환경단체와 박사장은 이 사건의 범인이 아니다. 고소를 당한 대기업도 떳떳지 못한 피해자일 뿐. 이번 일로 가장 큰 이익을 보게 된 사람이 담당 공무원을 자살로 몰아간 범인일 확률이 높다.

여기까지 추리를 하자 가시가 목에 걸린 듯 영숙씨는 불쾌한 기분에 사로잡혔다. 그들의 아파트는 철새 도래지인 호수에서 승용차로 십오 분 거리에 있었다. 호수 매립지의 유원지 개발과 자살한 담당 공무원. 뭔가 교묘하게 얽혀 있다는 생각이 뇌리를 퍼뜩 스치고 지나갔다. 수상한 연결고리가 얼추 맞춰지려는 순간 우희가 감기기운이 있으니 집에 가자며 영숙씨의 팔을 잡아당겼다. 그날 호수로 불어오는 황사 바람이 거세긴 했다. 영숙씨의 목도 따끔따끔하게 아렸으니까.

마리나 담당 공무원이 자살한 뒤 시민 공청회가 개최되었다. 말도 많고 탈도 많은 대기업과 박사장은 자연스레 그 사업에서 배제

되었고 시청에선 울며 겨자 먹기로 민자씨를 선정했다. 그녀만 하자가 없었으니까. 민자씨가 마리나 사업자로 선정되자 세간에 떠도는 말이 아주 없지는 않았다. 시민들이 그녀의 허물인 알박기를 들춰낼 거라는 영숙씨의 걱정은 기우에 불과했다. 저 할머니도 자살을 당할지 모른다는 우려 섞인 말이 대부분이었다. 민자씨는 느닷없이 배달된 행운이 그간의 노고에 대한 신의 보상이라고 여기는 눈치였으나 영숙씨 생각은 달랐다. 그녀의 주특기인 버티기가 먹힌 것 같았다.

살다보면 이런 사람이 있다.

잔칫상 앞에서 서로 먹겠다고 멱살잡이하며 피가 터지게 싸우면 뒷전에서 구경만 하다가 그들이 흘린 고물이나 이삭을 가만히 주워가는 사람. 이번 일이 그 경우에 해당된다. 외부로부터 밀어닥칠 비웃음, 적막, 비루함 같은 감정을 민자씨가 통제할 수 있다면 그다지 나쁜 선택은 아니지 싶었다.

"아는 동생이랍니다."

민자씨의 소개가 끝나자 담당자가 영숙씨를 히뜩 쳐다봤다. 상대를 얕잡아보는 눈빛이었다. 제풀에 얼어붙은 영숙씨는 그 자리에 무르춤하니 서 있을 수밖에 없었다. 시청에서는 마리나 사업자로 민자씨를 선정하고도 그녀를 시답지 않게 여겼다. 그래서 자살한 공무원의 후임인 새 담당자를 만나는 자리에 영숙씨가 후원자

자격으로 따라온 거였다.

"아, 앉으세요……들!"

담당자의 싸늘한 말에 꾸중을 듣는 아이처럼 두 손을 공손히 모은 채 의자에 앉았다. 다리를 꼰 자세로 맞은편에 앉아 있던 담당자가 별안간 쥐고 있던 볼펜 꼭지를 엄지로 누르기 시작했다. 그가 볼펜을 누를 때마다 잉크가 나오는 금속 볼이 들락날락하는 게 보였다. 톡톡거리는 그 소리가 귓속을 후비는 것 같았다. 당장 자리를 박차고 나오고 싶었으나 영숙씨는 그러지 못했다. 대신 아랫니를 사리물고 있느라 달팽이관이 부풀어오르는 듯했다.

"두 분, 여기, 이 부분…… 무슨 내용인지 아세요? 마리나를 운영하려면 해양 레저 스포츠에 대한 기본지식이 있어야 하거든요. 전문성은 고사하고……"

담당자가 서류의 아랫부분을 볼펜으로 콕콕 찔러댔다. 달아오른 뺨을 쓸어내리던 영숙씨가 고개를 돌렸다. 옆자리의 민자씨는 여전히 변함없는 표정으로 요지부동 앉아 있었다. 어찌하면 저 경지에 도달할 수 있을까. 아침까지 내처 그러고 있을 것 같던 민자씨가 마침내 입을 뗐다.

"내가요, 박사장을 따라다니며 여수 마리나를 지켜본 것만 햇수로 자그마치 칠 년이에요."

"압니다, 알아요! 우리 청사에 김민자씨를 모르는 사람은 없어요. 그게 지켜본다고 해서……"

"아, 말하는 중인데 자르지 좀 마시고요."

"제 입장이면 안 답답하시겠어요? 선임의 불미스런 사고로 갑자기 이 일이 나한테 떨어졌단 말입니다. 요즘 청사 분위기가 말이 아니에요. 게다가 이건 초등학생한테 미적분을 가르치는 격이니……"

"그 말은 듣기 거북하네요. 그 땅을 장만한 게 이십 년 전이에요. 꽃이나 심으려고 질퍽한 땅을 샀겠습니까? 배 사업을 어떻게 하는 건지는 나도 알고 있답니다."

"제 말이 곱지 않더라도 양해를 부탁드립니다. 준비할 서류는 산더미인데 이걸 혼자 하려니 제가 틈틈이 열을 받습니다. 마리나 사업을 하려면 단독 법인이나 두 개 이상의 법인으로 구성된…… 컨소시엄을……"

그 말을 구체적으로 이해하진 못했으나 대강 뭉뚱그려도 그건 우희가 할 수 있는 일이 아니었다. 민자씨는 이럴 때 도움을 청할 지인이나 친척조차 없는 눈치였다. 하는 수 없이 영숙씨가 사촌오빠를 불렀다. 전화를 받고 한달음에 달려온 오빠가 자기소개를 하자 담당자가 허리를 납신 굽히며 함박웃음을 지었다.

"선생님, 반갑습니다. 이제야 말이 통할 것 같군요."

영숙씨는 '더러운 놈' 같은 상말을 담당자에게 흘리게 될까봐 긴장했다. 갱년기가 지났는데도 속말이 시부저기 새어나와 무안할 때가 있었다. 오빠가 소매를 걷고 나서자 일이 수월하게 진행되었다. 민자씨가 비굴할 정도로 머리를 조아리는 바람에 오빠는 종종 공사 현장에 나가야만 했다. 현장에 남자가 나가는 것과 여자가 나가는 것, 그 온도차가 얼마나 큰지 아는가? 오빠가 나타나면 인부들의 삽질 소리부터 달라졌다. 그럴 때 보면 민자씨는 무능력을 능력으로 바꾸는 신묘한 재주를 지닌 사람이었다. 항만 기초공사에 예상외로 많은 돈이 지출되자 민자씨는 휴대폰을 손에서 놓지 않았다. 그녀처럼 전화를 친절하게 받는 사람도 드물 것이다. 걸려온 전화 대부분이 돈에 관한 것이긴 했지만. 민자씨는 급한 일이 있어도 전화를 먼저 끊는 법이 없었다. 그게 생존 전략인 모양이었다. 그 무렵 우희는 바리스타 학원에 다니기 시작했다.

"넌 커피나 배워둬."

사촌오빠의 말을 우희는 단박에 알아들었다. 공부를 저렇게 했으면 뭐가 돼도 벌써 되었을 것이다. 영숙씨는 바쁜 두 여자의 식사를 담당했다. 민자씨 아파트가 계획보다 일찍 팔리는 바람에 당분간 셋이 같이 지내게 되었다. 갑자기 들이닥친 이삿짐 때문에 집이 어수선했으나 우희가 신바람을 내니 영숙씨도 덩달아 기분이 좋아져서 하루가 어떻게 지나가는지 몰랐다.

드디어 꿈같은 일이 시작되었다.

마리나라는 말이 흘러나온 후부터 영숙씨는 민자씨의 영역으로 조금씩 침투해 들어갔다. 드러내지 않고, 아주 가만가만히. 영숙씨 같은 졸보에겐 일생일대의 변화였다. 누구에게든 세 번의 기회가 찾아온다고 하지 않던가. 영숙씨는 이름마저 감미로운 수정 마리나가 제 인생의 마지막 기회라고 생각했다.

*

시위를 벗어난 화살처럼 시간이 빠르게 흘렀다. 양지와 그늘이 교차하는 한낮의 호수 위를 소금쟁이가 분주히 오가고 계절 따라 청개구리와 여치가 호숫가 풀숲에서 노래했다. 어둠이 내려앉는 저녁이면 달콤한 향내를 품은 바람이 산책로로 불어왔다. 달빛이 수면을 비추면 꿈결인 듯 느껴졌고 물속에 잠긴 달을 오래 응시하면 물멀미가 났다. 때마다 영숙씨가 호수에 나가는 것은 신비로운 수변 풍경 때문이기도 했지만 실은 부엌방이 좁고 답답해서였다. 조립식주택에는 방이 세 개 있다. 안방은 민자씨, 작은방은 우희, 영숙씨는 부엌방을 쓴다. 원래 우희가 부엌방을 썼는데 영숙씨가 그 방으로 옮겼다. 바비큐 가든 영업을 마무리하고 부엌방에 들어서면 입이 마르고 손발은 저리고 발바닥이 화끈거렸다. 부엌방이 관 속처럼 작은 터라 등을 꼬부리고 잘 수밖에 없는데 그때마다 민자씨와 방을 바꾸고 싶어졌다. 본디 꼬부리고 자는 사람에게 넓은 안방이 무슨 소용이랴.

마리나 부지에 요트 선착장과 계류시설이 들어서자 영숙씨는 수정카페를 오픈했다. 썩어빠진 조립식 카페가 속을 무던히도 태웠다. 조립식주택이나 조립식 카페 건물에 중고가 있는 줄은 몰랐다. 기반시설을 구축하느라 자금 부족에 시달렸던 민자씨는 수정 마리나에 중고 조립식 카페를 들여오면서 영숙씨에게 새것 값을 받아 챙겼다. 탁한 눈과 굽은 등. 민자씨는 그걸 무기로 사용했고 무엇이든 그곳에 숨겼다.

새퉁빠진 영감태기.

탈탈, 슬리퍼 끄는 소리를 내며 조립식주택으로 들어서던 영숙씨가 홍선장을 향해 눈을 흘겼다. 홍선장은 사다리를 타고 지붕 위로 올라가고 있다. 바지춤으로 요령 소리가 새어나오도록 뛰어다니며 요트 손님을 끌어와도 모자랄 형편에 한가하게 지붕이나 고치고 있다니.

외항 선원 출신인 홍선장은 뒤늦게 수정 마리나에 합류했다. 요트 조종 면허 소지자여서 수정 마리나에 없어서는 안 될 요긴한 존재였다. 여기서 버스로 아홉 정거장 거리의 구도심에 사는데 요트 투어가 없는 날에도 민자씨가 부르면 득달같이 달려와 마리나 부지에 들어선 중고 건물을 손봐주었다. 손님이 맡긴 요트를 시키지 않아도 척척 수리하는 등 남다른 손재주를 뽐내는 늙은이인데 민자씨와 친구도 연인도 동업자도 아닌, 애매한 관계를 유지하고 있다.

"발을 찬찬히 떼세요. 사다리도 주인처럼 삭아 언제 부러질지 모르니까요. 어휴, 그쪽이 아니고 이쪽이라니까요."

민자씨는 홍선장이 사다리에서 떨어질까 염려하면서도 요구할 것은 또박또박 요구했다. 사다리를 잡고 있느라 고개를 발딱 젖힌 자세여서 수직 하향중인 민자씨 얼굴이 늦가을 햇살 아래 환히 드러난다. 저 볼따구니를 꼬집으면 숙성된 빵 반죽처럼 말랑말랑한 살가죽이 영숙씨 손가락에 착 달라붙을 것 같다. 홍선장이 무사히 지붕에 올라가자 그제야 민자씨가 돌아봤다.

"우희는요?"

"배고프면 들어오겠죠, 뭐."

"저런, 빈속에 곧장 카페로 갔나보네."

민자씨가 우희 밥은 내가 이따 챙길게요, 라는 말을 남기곤 부리나케 주방으로 들어갔다. 경황없이 벗은 민자씨의 신발 두 짝이 현관 유리문 앞에 어지럽게 흩어져 있다.

"에그, 정신머리하곤."

값싼 고등어에 왕소금을 훌훌 뿌리던 민자씨가 끓는 국 냄비의 뚜껑을 열고 날콩가루를 한줌 집어넣었다. 손이 서너 개는 있었으면 하는 눈치였지만 뒤따라 들어온 영숙씨는 그녀를 돕지 않았다. 우거지로 된장국을 끓일망정 찬 없는 상을 차릴 사람이 아니란 걸 알기 때문이다.

지붕 수리를 마친 홍선장이 유리문을 열고 마루로 들어서자 민자씨는 적절한 양의 음식을 주방에서 부지런히 내왔다. 빈틈없이 차린 식탁을 훑어보던 홍선장이 흡족한 웃음을 흘리며 쯧, 하고 잇새를 찼다. 마치 식사의 시작을 알리는 신호탄처럼. 홍선장은 밥을 국에 말았고 땀을 흘리며 그걸 떠 먹었다. 먹는 중간에 으, 하는 흉측한 신음소리를 내기도 하면서. 홍선장과 민자씨는 식사를 마친 후에도 식탁 앞에 멍청하니 붙어앉아 있었다.

"날이 차요."

"추운 계절 아니오. 나뭇잎이 마르고 공기가 맵싸해지면 금방 눈이 내릴 것이오."

"눈이 내리면…… 곧 해동할…… 테고요."

"해동 무렵에 조심해야 되오. 그때 많이들 가더라고."

"갈 때 되면 가겠지, 조심할 것까지야…… 그런데 셋째 집엔 언제 가요?"

"다다음주 금요일. 셋째가 오지 말라 하지만서도."

"그런다고 안 가면 쓰요?"

그들이 하는 말은 단맛 신맛이 빠진 부부의 대화처럼 들렸다. 사태 파악이 안 되나? 지금이 어느 때인데 저토록 태평할까. 주방의 개수대 앞, 그들과 대각선 방향으로 서 있던 영숙씨가 식탁에서 거두어온 그릇을 거칠게 씻기 시작했다. 영숙씨는 민자씨의 의뭉한 행동이 눈꼴시었고 저들의 수상쩍은 관계를 상상하는 것만으로도 체한 듯 속이 느긋거렸다. 외간 남녀가 딱히 규정할 수 없는 관계를 삼 년씩이나 유지하는 게 말이 되는가. 홍선장이 수정마리나에 합류한 뒤부터 민자씨는 졸린 고양이처럼 느리고 멍청하게 굴었다. 김민자가 누군가? 대기업과 마리나 업계의 큰손인 박사장을 물먹인 여자가 아니던가. 그녀는 졸음에 겨운 눈을 슴벅이는 가련한 고양이가 아니라 삵이다. 홍선장을 꾈 의도가 없다면 삵 같은 민자씨가 저토록 힘없이 굴진 않을 것이다. 홍선장을 부를 때마다 민자씨 입매가 새치름해지는 것, 웃을 때 눈꼬리가 살긋 처지는 것, 할머니답지 않게 예쁜 그릇을 탐하는 것이나 숱이 적은 머리채를 두어 번 돌려 묶은 후 뒤통수에 얌전히 갖다붙이는 헤어스타일을 고수하는 것, 그게 다 늦바람의 증표였다.

요트 탑승 시간은 정해져 있다. 한 시간 삼십 분간 요트를 타면 손님 한 명당 삼만오천원을 받는다. 요트를 통째 대여하길 원하는 바다낚시 손님을 만나야 매상이 뛰는데 그런 일은 가물에 콩 나는 격으로 드물다. 손님을 달랑 두 명만 태운 적도 있다. 그런 날에도 홍선장은 얼마간의 수수료를 수정 마리나에 지불하는데 그가 쥐여주는 푼돈을 받을 때마다 영숙씨 얼굴이 붉어졌다.

수정 마리나로 합류하기 전에 영숙씨는 업계 관계자를 만나 알아볼 만큼 알아보았다. 마리나는 미래를 보고 하는 사업이라며 투자해도 나쁘지 않다고 사촌오빠가 조언했다. 망설이던 영숙씨는 오빠의 말에 선뜻 결정을 내렸다. 게다가 시에서 이곳을 레저관광특구로 지정한 터라 마리나 가격을 현시세로 따져도 분명히 손해는 아니다. 하지만 마리나가 돈 먹는 하마라는 걸 간과한 것이 치명적인 실수였다. 마리나가 자리잡을 때까지 들어가는 자금이 매번 예상치를 초과했다. 영숙씨와 민자씨가 가진 재물과 재량으로 감당하기는 버거운 액수였다.

사업 초기에 영숙씨는 가진 돈을 수정 마리나에 털어넣으면서도 민자씨에게 무례하게 굴지 않으려고 노력했다. 동업하는 처지에 서로의 바닥을 본다면 끝이라고 생각했다. 한편으로는 김민자라는 인간을 파고들면 찐득찐득한 개흙만 묻어날까 두려웠다. 그 개펄에 발을 담그고 싶지 않았고 어쩔 수 없이 담가야 한다면 시기를 조금이라도 미루고 싶었다. 돌이켜보니 원인은 그 때문이었다. 허방에 빠진 줄 알면서도 자존심 때문에 인정하고 싶지 않기도 했고, 막상 확인하면 짐작보다 큰일이 도사리고 있을까봐 무섭기도 했다. 그걸 확인했을 때에는 수습이 불가능하다는 걸 깨달았기 때문에 영숙씨는 문제의 뚜껑을 열지 않았다. 적당히 무르익은 시기에 가스가 분출되듯 뚜껑이 스스로 날아가길 미련하게 기다렸다.

카페로 들어서자 우거지상을 하고 있던 우희가 커피 바 안으로 영숙씨를 불러들였다.

"엄마, 손님들이 우리더러 땅거지래, 땅거지!"

요즘 애들은 툭하면 줄임말을 쓰는 터라 영숙씨는 땅거지를 땅강아지의 준말이거나 땅개의 사촌쯤 되는 말로 해석했다. 영숙씨와 우희의 몸집이 작달막했다.

"아이고 답답해. 땅거지는 땅만 있는 거지를 가리키는 말이라고요."

내 인생에 이렇게 황당한 순간이 있었던가. 곰곰이 헤아려도 거지 같다거나 거지라는 말을 들을 만한 위치에 있었던 적이 없었다. 자괴감에 사로잡히면 부정적인 사고를 하게 된다. 딴생각을 하려고 거울이 걸린 동쪽 벽을 쳐다보던 영숙씨가 의자에서 벌떡 일어났다.

저 여자가 나란 말인가?

테두리가 청동으로 장식된 거울 속의 여자는 거북이처럼 목을 쑥 뺀 것이, 거지 같은 게 아니라 완전무결한 노숙자로 보였다. 얼굴은 트고 호수에서 불어오는 바람에 날린 머리가 제비집처럼 헝클어져 있었다. 이건 말도 안 돼. 미간을 좁힌 영숙씨가 거울 앞으로 바투 다가섰다 멀어지는 동작을 반복하자 입술을 깨물며 다가온 우희가 쾅, 소리 나게 거울을 두드렸다. 그때 호수 건너 전원주택 단지에서 한두 번은 마주쳤지 싶은 손님이 카페로 들어서며 외쳤다.

"언니야, 여기 드립 한 잔!"

언니라니? 영숙씨는 정식 바리스타를 알바로 착각하는 손님이 괘씸하게 느껴졌다. 젊거나 매너 좋은 손님은 박사장의 신상 카페로 몰려가고 수정카페에는 맨 저런 치만 온다. 오늘처럼 매장에 손님이 없는 날이면 주문대 앞에서 차를 주문하지도 않는다. 역전

다방처럼 의자에 앉은 채로 시켰다. 카페의 입지만 좋으면 뭐하나. 만날 파리만 날리는데.

어머머, 쟤 좀 봐.

아까부터 우희를 지켜보던 영숙씨 얼굴이 일그러졌다. 커피 바에서 원두를 갈고 있던 우희가 수동 그라인더 꼭지에 전동 드라이버를 갖다대더니 들입다 돌려버렸다. 어깨가 아프면 커피맛이 떨어지더라도 전동 그라인더를 쓸 것이지, 왜 저러나 몰라. 영숙씨가 화끈 달아오른 얼굴로 입구 쪽의 1번 테이블에 앉은 손님을 곁눈질했다. 수정카페가 종일 파리만 날려도 할말이 없게 생겼다. 쟤는 저 약은 꾀를 어디서 배운 걸까. 설마 바리스타 학원에서?

커피 바의 중앙에 모셔놓은 에스프레소 머신은 한 대에 삼천만 원짜리다. 카페가 중고 조립식 건물이면 커피 머신도 중고가 마땅한데 우희가 떼를 쓰는 바람에 새로 구입했다. 카페를 오픈한 뒤 영숙씨가 알아보니 커피 머신을 소개한 이가 중간에서 돈을 또 떼어먹었다. 지옥에나 떨어지라지.

카페를 나서던 영숙씨는 한 손을 이마에 가져다댄 채 호수를 바라보았다. 요트 한 척이 물살을 가르며 선착장으로 들어오고 있었다. 아침에 나간 낚시 요트였다. 손님들이 허탕을 치지 않았다면 물고기가 담긴 부력망을 들고 바비큐 가든으로 몰려올 것이다. 성수기에 잠깐 몰리는 손님을 놓치면 다음 성수기까지 수정 마리나를 지탱하지 못할 수도 있다. 영숙씨가 바비큐 가든 쪽으로 냅다

뛰기 시작했다.

마리나 매출이 감소하자 선착장 옆에 방부목을 깔고 파라솔이 달린 나무 탁자를 여러 개 설치해 바비큐 가든으로 꾸몄다. 작년에 오픈한 바비큐 가든은 자릿세 명목으로 손님들에게 약간의 돈을 받고 숯불과 기본양념, 쌈 채소를 제공한다. 그 일은 자연스레 영숙씨가 맡게 되었다. 저녁 어스름이 내려앉은 호숫가에서 바비큐를 즐기는 손님들의 어깨 너머로 지는 노을을 영숙씨는 종종 즐겼다. 그러다가 손수 잡은 해물로 요리를 하던 손님이 아줌마라고 부르면 짜증이 솟구쳤다.

"아줌마, 쌈장 하나 상추 하나 추가요!"

그들이 외치는 소리를 들을 적마다 준비하던 쌈장에 얼굴을 처박고 싶었다. 적지 않은 돈을 투자했는데 우희는 알바, 영숙씨는 쌈장 아줌마로 불렸다. 마리나 사무실이 한가할 때마다 흙일과 요리를 도맡는 민자씨를 손님들은 사장이라 불렀다. 영숙씨는 그 점이 불쾌했다.

영숙씨는 민자씨와 얽힌 지난 몇 년간을 돌아보았다. 철새 도래지인 호수 매립지를 구입하여 큰 이익을 취한 민자씨. 알박기를 한 민자씨. 나는 왜 민자씨를 측은하게 여겼을까? 민자씨의 달콤한 말에 매몰된 채 감정놀음을 하느라 그간 장님이 되었던 게 분명했다. 내가 교도관사에 오래 거주한 터라 범죄에 유독 너그러운지도 모른다. 범죄를 감싸고 받아들이는 품이 다른 사람보다 클 수 있다. 범죄의 향기를 풍기는 인간과는 엮이지 않으려는 보통 사람과 다르게 특이한 관대함을 지닌 날 민자씨가 매의 눈으로 간파했을 것이다. 사기꾼은 표적이 될 만한 상대를 알아보는 눈이 있다. 순도 백 퍼센트 피해자이기만 한 사람은 존재하지 않는다. 정당하지 않은 보수와 요행, 덤을 바라는 흑심 때문에 사기꾼에게 속는 것이라고 남편이 말했다. 남편은 드물게 본질을 관통하는 말을 해주기도 했으나, 영숙씨의 귓가에 이 초도 채 머물지 않았다. 남편의 말은 이 산 저 산 변죽을 울리다가 공기 속으로 흐물흐물 사라지는 메아리와 다름없었다.

민자씨는 정말로 사업 신청서를 작성할 줄 몰랐던 걸까? 날 수정 마리나로 끌어들이기 위해 우희가 신청서를 작성하게끔 일을 꾸몄을 수도 있다. 그럼에도 채우지 못한 빈칸은 여전히 남는다. 내가 민자씨를 불신하기 때문에 그녀를 수상하게 여기는 것은 아닐까? 누구나 자신을 믿어준다고 느낄 때 좋은 사람으로 바뀔 의지가 생기는 법인데. 민자씨 입장에선 나 역시 믿을 만한 사람은 아닐 것이다. 간접 이익을 취할 목적으로 수정 마리나에 슬쩍 숟가락을 얹은 내게도 불찰은 있다. 전에 살던 아파트의 동과 동 사이에 파다하게 퍼진 말처럼 민자씨가 박사장에게 뒷돈을 찔러주며 대기업을 고발하도록 종용했던 것일까. 그 시기에 투신자살한 담당 공무원의 행동은 또 어찌 해석해야 되나?

환기가 잘되고 볕바른 아파트에서 우희와 단란하게 지내던 날들이 꿈속의 꿈만 같다. 우희를 생각하면…… 생기발랄하고 애동대동하던 우희가 결사적으로 말릴 때 민자씨와 연을 끊을 것을. 때로는 아이의 말도 새겨들어야 하는 것을. 그때로부터 우리는 얼마나 멀리 왔나. 양팔을 엑스 자로 교차해 자신의 오그린 어깨를 감싼 채 호수를 내려다보던 영숙씨가 눈을 꾹 감았다. 그녀의 감은 눈 밑에서 굵은 눈물이 흘러나왔다.

이제 영숙씨는 앞날에 대해 말하지 않는다. 남은 생이 지금보다 비참하지 않기를 바라지도 않는다. 모든 일에 지쳐버렸기 때문이다. 기어이 두 손으로 얼굴을 감싼 영숙씨가 움츠린 어깨를 떨며 흐느끼기 시작했다. 우리 모녀가 이 일에 휘말리기 전, 마리나라는 단어조차 알지 못하던 예전으로 돌아간다면 얼마나 좋을까.

*

그래도…… 환하게 좋은 날들이 있었다.

수정 마리나가 문을 열자 손님들이 북적북적 몰려들었다. 그게 개업발이라는 걸 영숙씨는 꿈에도 몰랐다. 그림 같은 호숫가에서 힐링하는 손님을 보면 흐뭇했고 요트의 후미에 앉아 와인을 즐기는 젊은이들의 모습은 아무리 봐도 질리지 않았다. 영숙씨는 온 마음과 힘을 다하여 수정 마리나가 북적이던 날의 감격을 되살리려고 애썼다.

크루즈 요트를 일본에서 들여오던 날도 그런 좋은 날들 가운데 하루였다. 낚시 요트와 레저 요트 같은 작은 중고 배만 동동 떠 있을 뿐이던 빈한한 수정 마리나로 새하얀 크루즈 요트가 물살을 가르며 들어왔을 때 환희에 찬 얼굴로 만세를 부르던 우희. 부교 선착장에 접안한 크루즈 요트는 과연 중고 배들과 급이 달랐다. 마리나 식구들은 고사를 지낼 준비로 분주히 움직였다. 홍선장은 실과 북어를 챙기면서 연방 너털웃음을 터뜨렸다. 새 요트를 몰 생각에 신난 듯 보였다.

"선장님, 배 이름을 지어야죠? 뭐라고 지을 거예요?"

우희가 홍선장의 뒤를 졸졸 따라다녔다.

"우희처럼 잘생긴 배이니 우희호라 붙여주랴?"

"와, 정말요!"

"우희호도 좋지만 레이디 우희는 어떠냐? 그게 신식 이름 같다만."

"전 둘 다 좋아요!"

해풍에 흐트러진 머리를 양손으로 그러모아 뒤로 넘기던 우희가 활짝 웃었다. 흰 이를 드러내며 웃는 걸 본 게 얼마 만인지 몰랐다. 드디어 우희의 이름을 배에 새겨보는구나. 새 요트에 이름을 새기는 행위, 그것이 불러일으키는 감동에 흠씬 젖은 영숙씨는 몸 둘 바를 모르는 채 며칠을 보냈다. 그랬는데, 그 배는 '잉글랜드 레이디'로 이름을 바꿔 달게 되었다. 명명식 같은 것도 없었다. 크루즈 요트의 이름이 갑자기 바뀐 것은 민자씨의 심술 탓이었다.

우아한 심술. 손님들은 민자씨가 교양 있고 우아하다고 말한다. 우아함이란 고상함을 뛰어넘는 어떤 기품을 말하는 게 아닐는지. 위기에 몰린 다급한 상황에서도 도덕적으로 저급한 행동을 하지 않는 자기 안의 올바른 지점, 그것에 대한 확고한 신념이 있을 때 우리는 그에게 우아하다고 표현해야 된다. 민자씨가 차분하고 조신하게 보일지는 모르나 무언가를 살피는 듯한 세모꼴의 눈은 우아함과 거리가 멀다고 영숙씨는 생각한다.

"잉글랜드 레이디라뇨?"

배 이름이 바뀌자 영숙씨는 어이가 없었다.

"영국 숙녀, 고상하잖아요. 박인환의 「목마와 숙녀」라는 시도 생각나고요. 레이디 우희라고 부르는 것보단 은유적으로다…… 우희가 나이는 어려도 우아하고 품위 있는 것이 영국 숙녀 같은 데가 있거든요."

흥, 말만 번지르르하지. 내가 봐도 우희가 품위 있고 우아한 애는 아니야. 듬직하고 사랑스러운 아이지. 우아한 건 당신이겠지. '잉글랜드 레이디'는 민자씨 당신을 기리는 이름이야.

"배 이름이 추상적이지 않나요? 저는 직접적으로 콕 집어주는 게 좋더라고요. 우희호나 레이디 우희처럼 머리에 쏙쏙 들어오게요. 학원가 족집게 강사의 몸값이 괜히 비싼 게 아니잖아요."

"잉글랜드 레이디가 곧 우희라니깐 자꾸 이러시네. 배 이름을 잉글랜드 레이디로 짓는 데 홍선장님도 동의하셨어요. 그렇죠?"

홍선장은 두 여자의 날 선 신경전에 당황한 기색이 역력했다.

"우희의 결혼자금이 들어간 배인데 이름을 붙여주면 얼마나 좋아요. 사람은 기분이라는 게 있는 건데."

민자씨가 졌다는 표정으로 "그래요, 그럼. 이번에 산 크루즈 요트의 이름은 레이디 우희로 합시다"라고 선포했다. 그러나 요트의 옆구리에는 이미 '잉글랜드 레이디'라는 이름이 새겨져 있었다. 민자씨가 다시 새기자고 부탁하자 홍선장의 낯빛이 어두워졌다.

"관두세요. 저도 쓴 걸 지운 자국 위에 우희의 이름을 새기고픈 마음은 없네요."

"그런다고 얼굴색이 변할 것까지야."

"……그 돈이 어떤 돈인데, 어? 그 돈이 들어간 배에……"

"우희 엄마. 거, 돈 얘기 좀 그만합시다."

가재는 게 편이라더니 홍선장이 민자씨의 역성을 들었다.

"뭐라고요?"

"일전에 보니 우희 앞에서도 돈, 돈 그럽디다. 마리나 때문에 우희 엄마만 손해를 본 건 아니잖아요. 여기에 손해보지 않은 사람이 누가 있나요?"

영숙씨는 마리나 식구 가운데 누가 이익을 봤고 손해를 봤는지 치밀하게 계산했지만 도무지 알 수 없었다. 계산은 그때 그 자리에서, 혹은 앞당겨 하면 틀릴 수가 있다. 오늘 이익이 나서 좋아했는데 일 년 뒤에 계산하면 그게 엄청난 손해였다는 걸 깨닫기도 한다. 숫자를 맹신하는 것은 어리석은 일이다. 수는 기본적으로 오류를 품고 있기 때문에 수치 사이에 숨은 무수한 도표와 기록 역시 믿을 게 못 된다. 마리나의 계산법이 그랬다. 앞에서 보면 분명히 남는데 뒤로 밑지는 게 이 사업이었다.

"말씀을 요상하게 하시네. 나라고 돈 돈 그러고 싶겠어요? 이리저리 뛰어다녀도 시원찮을 판에 대책 없이 노닥거리시니……"

"노닥거리다뇨? 발바닥에 땀 나게 뛴 사람이 누군데."

홍선장의 눈꼴이 사나워졌다. 민자씨에게 마음을 뺏긴 터라 본색을 드러내지 않았을 뿐 그에게도 뱃사람 특유의 허풍과 불뚝성이 내재되어 있을 것이다. 배 이름 때문에 기분을 잡친 마당에 홍선장의 민낯까지 확인하고 싶진 않아서 돌아서는데, 싸움을 붙인 부뚜막 고양이가 얌전히 나섰다.

"어쩌면 돈이 마련될 것 같아요. 바비큐 가든 옆에 묵힌 땅이 있잖아요. 그곳에 펜션을 짓고 싶어하는 투자자가 있어요. 저더러 일간 만나자고 하네요."

영숙씨에게 그랬던 것처럼 민자씨가 또 이로운 조건을 내세우며 투자자를 조곤조곤 설득했겠지. 한가한 호숫가에서 가족 단위로 힐링하는 손님이 많을 거라며. 그놈의 힐링! 수정 마리나 뒤쪽에 대기업 계열사가 운영하는 최신식 콘도가 들어섰는데 과연 영업이 될까? 수정 마리나의 마지막 투자자는 조립식 펜션을 지은 후 영숙씨처럼 마음고생깨나 하게 될 것이다.

"그것도 투자자를 만나봐야 결론이 나는 것 아녜요. 당장 막아야 하는 신협 돈은 어떡하고요?"

"잠시 빌릴 데가 없을까요?"

"내가 왜 나서야 하냐고요. 이러니 돈, 돈 하죠."

두 사람에게 덧정이 떨어진데다 부아가 끓어오르자 영숙씨는 그길로 바다에 갔다. 해변을 따라 죽 늘어선 횟집과 고만고만한 식당을 지나 모래사장으로 들어섰다. 전날 비가 와서 모래가 젖어 있었다. 눅눅한 모래사장을 한참 걸어다녀봐도 막힌 가슴이 트이기는커녕 옆구리가 뜯기는 기분이었다. 손으로 시친 베갯잇을 세탁하려고 실밥을 뜯을 때처럼 툭툭, 무심히 뜯긴 옆구리로 내장이 쏟아지는 느낌이랄까. 아득했으나 충분히 이룰 것도 같았던 꿈을 가슴에 등불처럼 품고 지내온 날들. 수정 마리나로 이사할 날만 손꼽아 기다리던 시기를 떠올리면 영숙씨는 똥 마려운 강아지처럼 주위를 힐끔거리게 된다. 길은 어둡고 뭐 하나 시원한 게 없다. 민자씨와 수정 마리나를 생각하니 영숙씨의 가슴이 옥죄어들었다.

나와 우희의 마지막 목숨 줄 같은 돈이 들어간 그 배에 얼렁뚱땅 제 이름을 새겨넣어?

인간은 작고 소소한 것에도 지울 수 없는 상처를 입는다. 영숙씨가 바지 주머니에 손을 집어넣었다. 주머니에서 바스락거리는 소리가 들렸다. 잠시 후 그녀가 얇은 지퍼 백 한 장을 끄집어냈다. 투명한 비닐에 담긴 머리카락 여섯 올. 며칠 전에 세탁하려고 내어놓은 민자씨 옷에 붙어 있던 것이다. 우희의 결혼자금이 들어간 크루즈 요트에 '레이디 우희'라는 이름을 붙여줬더라면 이런 생각까지 하진 않았을 것이다.

바닷가에서 버스를 탄 영숙씨는 박사장이 운영하는 해수찜질방 앞에서 내렸다. 인적이 끊긴 유원지는 고요했고 버스 정류장의 비가림용 지붕 아래로 습기를 품은 끈끈한 바람이 불어왔다. 과자 봉지와 구겨진 휴지가 함부로 굴러다니는 사거리를 건너 수정 마리나 골목으로 들어섰다. 영숙씨는 바비큐 가든을 급히 가로질렀다. 조립식주택은 바비큐 가든 모퉁이에 있다. 마루로 들어서려고 현관 유리문을 열던 영숙씨가 동작을 멈췄다.

마루에는 둥근 갓을 씌운 무드 등 하나만 켜져 있었다. 밤늦은 시간이어서 사방이 컴컴한 가운데 무드 등의 노르스름한 불빛이 현관 유리문에 동그랗게 떠올랐다. 그리고 그 불빛이 비추는 실내의 풍경이 주르륵 펼쳐졌는데 그림자 하나가 검은 오점처럼 유리문에 되비쳤다. 기이한 느낌에 사로잡힌 영숙씨는 유리문에 얼굴을 바싹 들이댔다. 재킷에 달린 후드를 덮어쓰고 실내를 들여다보는 자신의 그림자. 밤늦은 시간인데도 피곤함이라곤 전혀 모르는 끈질긴 시선으로 유리문 안을 집요하게 살피는 눈. 한 손으로 입을 가린 영숙씨는 새어나오던 비명을 삼켰다. 유리문에 비친 그림자는 곱사등을 하고 있었다. 민자씨처럼 휘움하게 굽은 게 아니라 애기 무덤만큼이나 등의 혹이 컸다.

잘못 본 것일까? 늦은 밤이라 잘못 본 거겠지. 아무렴, 그렇겠지. 황급히 부엌방으로 들어온 영숙씨가 이불을 정수리까지 당겨 쓰는데 우희가 건너왔다. 텅 빈 뱃속을 훅 치고 들어오는 선뜩한 바람기. 전신을 덮어 누르는 오한.

“엄마, 어디 아파?”

“아픈 건 아니고 그냥 춥고 떨려. 들어오다가 뭘 잘못 본 것 같기도 하고.”

“바닷바람을 맞으며 쏘다녀서 그래. 여기도 맨 물인데 일삼아 바다까지 찾아갈 건 또 뭐람.”

“이 물이 그 물이랑 같아?”

영숙씨가 시비조로 우희에게 핀잔을 주었다.

“다를 건 또 뭐야? 요 너머가 바다인데. 암튼 엄마랑 물은 안 맞는대.”

되는 일이 없자 우희는 그새 타로카드 점에 빠져 있었다.

“내가 생각해도 그래. 산에서 태어난 사람은 산이 편한 법이거든. 그래서 태생지가 중요하지.”

청송에서 나고 자란 영숙씨는 청송교도소에 근무하는 남자와 결혼하는 바람에 오랫동안 그곳을 벗어나지 못했다.

"엄마는 청송이 그리워? 그 청송2교가?"

악명 높은 청송교도소, 지금의 경북북부교도소는 경상북도 첩첩산중의 험지에 요새처럼 세워졌다. 죄수들이 '빠삐용의 섬'이라 부르던 제2교도소는 정문 쪽에 있는 제1교도소, 제3교도소와도 일 킬로미터 이상 떨어진 곳에 있었다. 교도소 내부자들은 그곳을 제2교도소나 빠삐용의 섬이라 하질 않고 '청송2교'로 줄여 불렀다. 낙동강 상류의 깊은 하천에 둘러싸인데다 삼면이 가파른 절벽으로 가로막힌 청송2교는 죄수들의 탈출이 불가능한 곳이다.

청송교도소 외정문에서 마주 보이는 곳에 교도관사가 있었다. 민가와 떨어진데다 사방이 산으로 에워싸인 곳이어서 뚫린 곳이라곤 손바닥만한 하늘뿐이었다. 영숙씨는 교도관사에서 평생 살게 될까봐 두려웠다. 그 시절 영숙씨 소원은 탁 트인 물가에서 수평선을 바라보며 사람답게 사는 거였다. 남편이 동료들에게 '시계추'라는 별명을 얻었던 그때가 가장 많은 돈을 모은 시절이었다. 일 분의 오차 없이 출퇴근 시간을 준수하던 남편과 교도관사에 눌러살며 식생활에 필요한 돈 외엔 봉급을 허투루 쓰지 않았다. 산속에서 곰처럼 웅크리고 살며 모은 돈이 수정 마리나의 자금줄이 되었다.

"그립다기보단……"

모양새야 어떻든 영숙씨는 그 시절에 빌었던 소원의 절반은 이루었다고 생각했다. 그토록 그리던 바닷가로 떠나왔으니. 비록 시중을 들고 살망정 손님들의 어깨 너머로 수평선이 보이긴 하니까.

"그럼?"

"청송을 떠나 멀리 왔다고 생각했는데 돌아보니 여태 그 자리여서."

"아빠를 그리워하는 것처럼 들려."

"갑자기 네 아빠 얘긴 왜?"

영숙씨가 우희를 사납게 노려봤다.

"그 말이 그 말 아냐?"

"아냐. 달라."

하긴, 남편이 살아 있었으면 영숙씨에게 썩은 미소를 날렸을 것이다. 물가에 살면 가슴이 트이는 게 아니라 얼굴만 무자비하게 튼다.

*

수정펜션을 지을 거라던 투자자는 마리나 뒤편에 들어선 대기업의 콘도로 몇 번의 걸음을 했다. 투자 대비 수익률을 계산하니 투자금도 회수가 안 될 것 같았던 모양이다. 계약금을 포기할 테니 없던 일로 해달라는 통보를 해왔다. 그뒤로 투자자에게 전화조차 연결되지 않는다며 민자씨가 곤란한 표정을 지었다. 발등에 불이 떨어졌는데 전화만 몇 차례 하더니 이 일에서 손을 뗐다. 알박기를 하고 수십 년을 기다릴 만큼 마리나에 목숨을 걸었던 민자씨가 그대로 나자빠진 꼴이다.

"허, 재주는 곰이 부리고 돈은 되놈이 가져간다더니 저짝은 휴지 없이 코 푼 격이네."

직접 키운 쌈 채소를 바비큐 가든에 납품하러 온 자연농원 최씨가 그 소식을 듣더니 헛웃음을 쳤다. 마리나 사업 허가가 떨어지자 민자씨는 조립식건물을 몇 동 세우고 중고 배를 선착장에 동동 띄워놨을 뿐이었다. 그러고도 하세월, 안달복달하지도 않았다. 박사장과 대기업은 마리나가 들어서기 전부터 부지를 닦고 콘도와 카페, 해수찜질방 등 부대시설을 발 빠르게 지어 마리나 손님을 빼갔다. 마리나에서 밥을 먹은 손님들이 그쪽에 밥값을 치른 것과 다름이 없었다. 이쪽은 기반시설을 구축하느라 허리가 휠 지경인데 마리나로 인한 수혜와 호황은 그들이 누리고 있었다. 바비큐 가든 옆에 들어설 예정이었던 펜션이 물거품이 되자 영숙씨 눈앞이 캄캄해졌다. 희미하게 보이던 길마저 끊긴 후 옆을 보니 오빠가 있었다.

"제2금융권까지 막혔다면 대부업체나 사채밖에 더 있냐? 영숙아, 그거 무섭다. 너 어쩌려고 그러니?"

영숙씨 눈에 눈물이 핑 돌았다. 오빠가 포근한 말로 자신의 고단한 등을 토닥여주는 듯했기 때문이다. 우희를 제외하면 이 세상에서 잃고 싶지 않은 단 한 사람. 작은아버지, 이 결혼은 아닌 것 같습니다. 영숙이를 위해서라도 늦기 전에 엎어야 해요. 그 말 때문에 남편과 주먹다짐 직전까지 갔던 오빠. 영숙씨는 그 오빠에게 돈을 빌리러 온 참이었다. 그런데 펜션 부지를 담보로 제시하자 돌연 오빠의 목소리가 변했다.

"조각조각 갈린 땅을 얻다 써? 내 나이가 얼만데 팔리지도 않을 땅에 가진 돈을 묻어두겠냐?"

오빠가 말꼬리를 길게 뺐다. 그러곤 마리나 운영권을 넘기면 부도를 막는 것은 물론 수익의 일부를 민자씨와 영숙씨에게 다달이 떼어주겠노라고 말했다. 부도를 막아주는 대가로 수정 마리나를 통째로 원했다.

"왜 그런 얼굴이야? 사채를 쓰는 것보단 이게 낫지 않아? 눈 뻔히 뜨고 마리나를 은행에 빼앗기느니 나한테 넘기면 최소한 지분은 받잖아. 마리나 식구들도 돈에 쫓길 일 없이 하던 일을 계속하면 되는 거고."

오빠가 이런 사람이었나? 영숙씨는 어처구니없는 얼굴로 입가에 쓴웃음을 머금었다. 내가 수정 마리나에 투자하는 대가로 조건을 제시했을 때 민자씨 심정도 이러했을까? 범을 피하자니 사자가 기다리는 형국이었다. 마리나 운영권을 오빠한테 넘기면 영숙씨와 민자씨는 고용인에서 피고용인의 처지로 전락한다. 마리나에서 종일 일해도 지분을 가진 피고용인이라 봉급을 받지 못할 수도 있다. 그래도 마음은 편할 것이다. 마리나 주인일 때도 영숙씨는 봉급을 챙기지 못했다. 챙기려야 챙길 돈이 없었다. 오빠의 제안이 나쁘지 않은데도 내키지가 않았다. 떨떠름한 얼굴로 망설이자 수정카페는 건드리지 않겠다고 오빠가 약속해주었다. 영숙씨 급소가 우희라는 걸 안다는 듯이. 사촌오빠는 선량한 듯 선량하지 않았고 깨끗한 체하면서도 추했다.

"김민자, 여간내기가 아니던데 설득할 수 있겠니?"

밥값을 계산하고 나오던 오빠가 연거푸 물었다. 자신의 눈빛이 얼마나 솔직한지 오빠는 알지 못했다. 마지못해 조금 웃어주었을 뿐 영숙씨는 긍정도 부정도 하지 않았다. 민자씨에게 수정 마리나가 어떤 의미인지 알지 못한다. 다만 마리나 오픈 전과 후에 민자씨가 기울인 수고와 노력을 지켜보긴 했다. 민자씨를 설득할 수 있을까? 설득하는 것 말고는 방법이 없는 것일까. 영숙씨에게 허락된 시간이 많지 않았다. 수정 마리나가 은행에 넘어가기 전에 이 일의 매듭을 지어야 했다.

혓바늘이 서려는지 입속이 버석거렸다. 실핏줄처럼 여러 갈래로 뻗어나간 불온한 생각이 갈마들어 영숙씨는 간밤에 잠을 이루지 못했다. 내 안의 두려움을 직시하자. 모든 고통은 육체가 아닌 뇌로부터 시작된다. 뇌는 공포와 자비심 수면 허기 분노를 통제한다. 다가올 변화를 인정할 지혜와 용기가 필요하다는 생각을 하며 영숙씨는 뜬눈으로 밤을 새웠다.

젖은 손을 닦은 수건을 뒤집어서 뻑뻑한 눈가를 문지르다 문득 고개를 드니 한 쌍의 남녀가 탄 요트가 가시거리 안에 들어와 있었다. 멀리 보이는 부드러운 수평선과 청람색 하늘에 드문드문 떠 있는 흰 구름. 늘 보던 그 풍경이 오늘따라 빗장뼈를 열고 쑥 들어왔다. 저릿해진 가슴을 한 손으로 누른 영숙씨는 요트에 있는 남녀를 주의깊게 살폈다. 두 팔로 다리를 싸안은 여자의 머리카락이 바람에 휘날리고 모자를 단단히 눌러쓴 남자는 홍선장 옆에서 자기가 선장이라도 되는 양 휠을 잡고 있다. 참 좋은 시절이라고 영숙씨가 중얼거렸다. 저들의 마음은 어떤지 모르지만 먼 거리에서 보니 모두가 행복해 보인다. 가까이 들여다보면 불행덩어리겠지만.

민자씨가 노티 나는 얼굴로 카페 앞 테라스에 앉아 있다. 손님이 없거나 한가할 때면 항상 저기 나와 있다. 자세히 보이지는 않지만 그녀의 테이블에 놓인 것은 카페라테일 것이다. 민자씨는 매번 우희가 우유 피처를 놀려 정성껏 그린 하트를 감상하며 커피가 적당한 온도로 식기를 기다렸다. 그런 뒤 입으로 후후 불어 하트를 쪼글쪼글하게 만들었다(왜 그러는지 물어보진 않았다). 민자씨는 찡그린 눈으로 쪼그라진 하트 무늬를 감상하며 커피를 조금씩 홀짝였다. 커피를 마신 후 그녀의 시선이 향하는 곳은 언제나 호수, 정확히 말하면 호수 속에 뿌리를 내린 우람한 능수버들이다.

능수버들이 유원지 조경수로 적합하지 않다며 시청의 정비사업

팀이 단체로 나왔었다. 자연은 건드리는 게 아니라며 민자씨가 한사코 막은 덕분에 벌목 신세를 면한 운좋은 나무였다. 봄이면 능수버들의 솜털이 바비큐 가든 바닥에 뭉텅이로 굴러다녔다. 비질에 지친 영숙씨가 능수버들을 자르는 게 좋지 않겠냐며, 그편이 걸리적거리지도 않고 호수를 감상하기에 좋을 것 같다는 말을 보탰다가 학을 뗐다.

"저 호수에 자라는 능수버들은 내게 돈 이상의 가치가 있단 말예욧!"

그날 민자씨는 복받친 울화 때문에 그동안 숨겨왔던 비밀을 자백해버렸다.

"네, 그래서 알박기 했어요, 했어! 얼뜬 여자가 역대급 알박기를 했다며 내 뒤에서 쑤군거리더군요. 얼마를 원하느냐고 대기업이 물었죠. 나는요, 많은 돈을 요구하려고 가만히 있었던 게 아니라고요. 이 매립지를 돈 몇 푼 때문에 대기업에 넘길 수는 없었다고요."

민자씨가 손을 부들부들 떨며 외쳤는데, 끝마디에서 목쉰 고양이 소리가 났다. 주방에서 앙칼진 쇳소리가 들리자 가든에서 고기를 굽던 손님들이 엉덩이를 들고 이쪽을 건너다보았다. 알박기를 한 건 영숙씨도 알고 있었다. 다만 저 호수에 자라는 능수버들은 돈 이상의 가치가 있다는 말이 송곳처럼 귓속에 박혔다. '이 매립지'가 아니라 '저 호수'라는 말. 민자씨가 무심히 흘린 그 말에 모든 비밀을 풀 핵심이 들어 있는 듯했다.

그날 영숙씨는 남은 빈칸의 문제를 얼추 풀었다. 민자씨에겐 마리나 운영권도, 매립지도 부차적인 것일 뿐 문제의 본질은 호수였다. 그래서 사시사철 호수를 바라볼 수 있는 매립지가 필요했던 것이다. 알박기를 하며 이십여 년을 기다릴 만큼 민자씨에게 소중한 호수. 오래된 라면과 스낵을 일부러 찾아 먹는 민자씨. 한번 선택하면 끝을 보고야 마는 집요함의 끝판왕 민자씨. 호수에 뿌리를 내린 저 능수버들 밑에서 민자씨 남편의 뼈가 나오지 말란 법도 없다. 마리나 담당 공무원이 투신자살한 것도 능수버들 부근이었으니까. 건강하던 사람이 갑자기 사라지는 것은 흔한 일이다. 비밀을 품은 호수 근처라면 더더욱. 달빛이 은은하게 빛나는 깊은 밤과 새벽 사이에 호숫가를 걸으면 세상에서 가장 은밀한 장소가 호수라는 것을 누구나 알 수 있다.

바지 주머니에서 지퍼 백을 끄집어낸 영숙씨는 눈에 가볍게 힘을 주고 그 속에 담긴 머리카락을 들여다보았다. 영숙씨는 오늘 안방에 숨어들어 어항 속 머리카락을 한줌 집어올 계획을 세웠다. 수정 마리나로 이사올 때 민자씨가 어항을 가져왔었다. 어항 속 머리카락과 지퍼 백의 머리카락이 같다면 문제가 없지만 다르다면 범죄의 소지가 있다. 이 일은 신중히 처리해야 한다. 어항 속 머리카락과 지퍼 백의 머리카락을 국과수에 의뢰한 뒤 각각 다른 머리카락이라는 결과가 나오면 영숙씨는 사촌오빠의 힘을 빌릴 생각이다. 사촌오빠에게 호의적인 마리나 담당자를 동원하여 유원지 정비사업팀을 움직이는 것쯤은 식은 죽 먹기보다 쉬운 일이겠지. 생각해보니 마리나에 관해 의견을 구할 때부터 오빠는 이미 군침을 흘리고 있었다. 호수를 감상하는 데 걸림돌이 된다는 말을 흘리면 오빠는 능수버들을 제거하기 위해 열의를 다해 뛰겠지. 중장비를 동원하여 물속의 능수버들을 들어낸 다음 뿌리까지 면밀히 살펴볼 것이다. 이 일은 민자씨가 쓴 수법을 그대로 베끼면 된다. 어쩌면 그녀를 설득하지 않고도, 마리나 운영권을 오빠한테 넘기지 않고도 이 위기를 모면할 수 있을지 모른다.

그때까지 파국은 지연되는 셈이다.

오후 세시. 민자씨가 한눈을 파는 이때를 놓치면 또 내일을 기다려야 한다. 영숙씨는 바비큐 가든의 주방을 빠르게 벗어났다. 마리나를 개업한 후 하루도 쉬지 못했다. 내일은 박사장이 운영하는 해수찜질방에 가서 뭉친 근육을 풀어준 뒤 잉글랜드 레이디호를 타고 수심이 깊은 난바다로 나갈 것이다. 참, 축배를 들 핏빛의 레드 와인도 한 병 챙겨야지.

영숙씨는 아까부터 등이 가려운 걸 참고 있었다. 민자씨의 수법을 베끼다가 나도 모르게 그녀를 깊이 이해하게 되면 어쩌나. 현관 유리문에 비친 그림자처럼 자신이 곱사등이 되어 혹 속에 우울과 조소, 비감 같은 감정을 쟁여둔 채로 살게 되면 어쩌나 하는 두려움이 이는 걸 가까스로 억눌렀다. 살해를 밝히는 게 아니라 살인에 가담하러 가는 것 같은 이 기분은 뭐지? 나, 괜찮겠지? 영숙 씨가 조립식주택을 향해 발을 재게 놀렸다. 오후의 햇살이 강한 탓에 얼굴을 찡그리고 있어서 그녀가 지금 우는 것인지 웃는 것인지는 알 수 없다. 워낙 걸음이 빠르기도 하거니와 이쪽에선 영숙 씨의 옆얼굴만 흐리게 보일 뿐이므로.

돈의
수사학

돈 세는 소리가 들린다. 지폐 계수기가 아닌 사람의 손으로 세는 소리. 조는 귓바퀴가 뾰족하게 치솟은 자신의 당나귀 귀를 거실 벽에 바싹 붙였다. 지폐가 넘어갈 때마다 슥착슥착슥착…… 시간이 흐르면서 속도가 붙는지 소리가 점점 빨라졌다. 일일이 센 돈뭉치를 책상에 두드려서 가지런하게 정리한 뒤, 두께를 가늠하느라 지폐의 첫 장부터 끝 장까지 엄지로 훑는 저 소리…… 차라라라락. 차곡차곡 쌓인 돈뭉치 가운데 하날 집어 단단히 감긴 고무줄을 튕기면 실내에 청량하게 울려퍼지던 소리…… 탱. 작은방의 책상 앞에 앉아 있던 찬이 열린 문 너머로 조를 힐끗 쳐다봤다.

"저 소리 안 들리니?"

"무슨 소리요?"

"돈을 세는 소리 같은데……"

"에이 할아버지, 그 소리가 아닌데요."

"잘 들어봐라. 돈을 한 장씩 아래로 밀 때 나는 소리가 슥이고, 그걸 받은 다른 손의 엄지와 검지가 돈을 튕겨서 뒤로 젖히는 소리가 착이란다."

기어이 조의 입속에 침이 고인다. 치주염으로 내려앉은 헐렁한 잇새에 시디신 침이 감겨들었다. 입에 한번 붙으면 끊지 못하는 돈이라는 말맛. 조는 돈도 좋아하지만 특히 돈 세는 걸 좋아했다. 마댓자루에 집어넣기 위해 수북이 쌓인 지폐를 다져 밟을 때 양말을 신은 발바닥으로 느끼던 쾌감도. 그뿐이랴. 손님들의 발길이 끊긴 밤에 덜걱거리던 나무문을 아귀 맞게 닫아걸고 상점 뒷방으로 들어온 아버지가 마댓자루에 담긴 돈을 쏟으면 군데군데 꺼멓게 눌어붙은 비닐 장판에 투두둑 떨어지던 명절 대목의 돈, 돈다발들…… 석 장 혹은 넉 장씩 접힌 지폐를 반듯하게 펴서 간추릴 때의 달콤한 느낌, 한 손에 두툼하게 잡히던 지폐의 부피, 열심히 일한 자만이 감득할 수 있는 포만감을 조는 사랑한다.

오해하지 마시라.

조는 탐욕이 많은 사람이 아니다. 돈을 사랑하는 방법이 남다를 뿐이다. 돈이란 거래하기 편하도록 만든 하나의 발명품에 지나지 않는다며 하찮게 여기고 경멸하는 표정을 짓다가 뒷구멍으로는 화폐의 가치를 낱낱이 따지는 뭇사람과는 사뭇 다르다. 큰돈을 좋아하는 게 아니라 천원이든 만원이든 돈이면 그저 좋은 것이다. 장마에 보송보송 마른 수건으로 몸을 닦으면 쾌적하듯이 지폐를 만지는 느낌이 마냥 좋은 것뿐이다.

"그러고 보니 아래층이 이틀 전에 이사했거든요. 새 입주자가 집수리를 하나봐요. 저거 도배하는 소리예요."

"그래?"

슥착슥착, 하는 소리가 벽에 풀칠하는 소리였다니. 저 소리를 왜 돈 세는 소리로 들은 것일까. 요즘 들어 환청이 자주 들린다. 이만한 세월이면 기계도 녹이 슬어 망가질 텐데 하물며 피가 도는 생물임에야. 살아온 날만큼 하루도 거르지 않고 귀를 사용했으니 닳아서 어두워질 만도 했다.

쩟, 하고 혀를 찬 조는 비스듬히 열린 방문 너머로 찬을 바라봤다. 메밀처럼 거칠고 야성적인 아이가 놀라울 정도로 의존적인 면을 보이는 순간이 있는데 그때마다 찬이 못 견디게 사랑스럽다. 며칠 전에는 옆머리를 싹 밀고 와서 요즘 유행하는 헤어스타일이라고 했다. 그걸 본 큰딸이 옆에서 잔소리를 쏟아냈다. 내 보기엔 좋기만 하구먼, 조가 한마디 했더니 입에 거품을 물고 덤볐다.

"쟤 머리 모양이 좋으세요? 산적 같은 저 헤어스타일이 좋다고요?"

"중세시대 기사들의 머리 같지 않니?"

"전략도 없이 선두에서 방패막이로 헛힘만 쓰는, 그러다 픽픽

고꾸라지는 하급 기사들요?"

큰딸은 조를 싫어한다. 그동안 적지 않은 돈을 뜯어가놓고는 순노랑이 영감이라고 흉을 보고 다니는 걸 알고 있다. 맏사위인 신서방이 조의 돈을 여러 번 날려먹었다. 조는 개의치 않았다. 그걸 핑계로 신서방을 큰딸한테서 떼어냈을 뿐이다. 진작 손썼기에 망정이지 하마터면 조의 재산을 결딴냈을 것이다. 그런 위인인데도 큰딸은 미련이 남은 눈치였다. 봐주는 김에 신서방의 뒤를 좀더 밀어줬으면 그 지경이 되진 않았다는 게 큰딸의 주장이었다. 제풀에 흥분해서 씩씩거리던 큰딸이 애먼 찬에게 눈을 흘겼다.

"그만 먹어! 아랫배 튀어나올라."

"싸늘하게 식은 치킨 몇 조각 먹는다고 살이 찌면 얼마나 찌겠니?"

"찬이 배를 보세요. 그 말을 안 하게 생겼나."

"사내는 풍채로 한몫 먹고 들어가는 것이여."

"재가 여태 백수로 있는 건 아버지 탓이에요. 사사건건 역성을 들고 나오시니 애가 저 모양이 된 거라고요."

사실 조는 찬의 머리가 마음에 들지 않았다. 옆머리를 밀어버린 탓에 각진 이마며 뾰족하게 솟은 당나귀 귀와 귀밑에서 사각턱으로 이어지는 다부진 선이 선명하게 드러났다. 오늘 보니 돌아가신 아버지의 젊은 시절을 떠올리게 했다. 한 가계의 생긴 꼴이랄까, 혈통적으로 유전되어 내려오는 특성을 고스란히 물려받은 찬을 보고 있자니 입가로 웃음이 비어져나왔다. 훗날 아버지와 조, 외손자 찬이 나란히 누워 있으면 무덤의 내력이 적힌 지석誌石 같은 것이 없어도 후세인들은 세 개의 해골만 보고도 조의 가계를 짚어낼 것이다. 구도심의 가로공원에 세워진 기념비 같은 사람, 그것이 자신의 아버지라고 조는 단정한다.

아버지는 우울과 체념이 깃든 표정으로 인생을 따분하게 여기는 치들을 가장 경멸했다. 치열한 용기밖에 내세울 것이 없었던 아버지는 비천한 가문 출신이었으나 자기 연민에 빠지지 않았고 남루한 현실에 굴복하지 않았다. 그러느라 매사에 급했다. 아버지는 약간의 머뭇거림도 없이 과장된 몸짓으로 걸었는데 시시각각 변화하는 날들 속에서 독하게 굶주려본 자들에게서 보이는 조급한 걸음새였다. 예컨대 허리띠를 미리 풀고 바지춤을 움켜쥔 채 어기적거리며 볼일을 보러 화장실로 들어간달지 배가 고프거나 바쁜 일이 없는데도 음식을 허겁지겁 먹거나 츱츱, 소리 내어 씹기 일쑤였다. 볼썽사나운 행동을 낱낱이 지적하던 어머니는 아버지의 첫인상이 비탈밭에 꽂아놓은 지겟작대기 같았다고 귀띔해주었다. 비쩍 마른데다 말하는 품이 직설적이어서 어머니가 그렇게 느꼈을 수도 있다. 그러나 매사가 급한 아버지도 지폐를 다릴 때는 한없이 느렸다.

네모반듯하게 접힌 초록색 담요 앞에 무릎을 단정히 꿇은 아버지, 입속에 머금은 물을 내뿜은 뒤 숯다리미로 구겨진 지폐를 조심조심 다리던 아버지, 지폐가 탈까봐 미간에 주름을 잡은 채 다림질에 집중하던 아버지.

*

“돈을 귀하게 여겨라.”

조는 아버지의 가르침을 잊지 않았다. 아버지의 말에는 ‘귀’에 방점이 찍혀 있어 돈을 존중하고 겸손하게 생활하라는 의미가 담겨 있다는 걸 어린 조는 알았다. 사춘기에 접어든 어느 봄날 아버지가 인생의 지침을 말해준 적이 있었는데, 요지는 운칠기삼運七技三이었다. 근면 혹은 성실하게 살아야 된다는 조언일 거라고 짐작했던 조는 아버지를 돌아보며 이해할 수 없는 표정을 지었다.

“인생사는 어디로 튈지 모르는 공과 같다. 똑같이 행동하는데도 서문시장 1지구 태평상회는 접시 물에 코를 박아 익사했고, 3지구 진부상회는 바다에 빠져 죽은 줄 알았는데 아 글쎄, 커다란 횟감용 광어를 입에 물고 나오더구나.”

아버지는 한 인간이 어른이 된 증거는 인생이 불공평하다는 걸 똑똑히 아는 것이라고 가르쳐주었다. 자신에게 다가온 운에 감사하고 그것을 책임지는 자세로 수용해야 된다, 성공한 이들의 타고난 운에는 주위의 희생이 있었기 때문이라는 말도 지루하게 덧붙였다.

글 모르는 아버지는 그 말을 누구한테 들었을까. 내기 장기를 자주 두었던 부동산 오씨가 해준 말이었을까. 하여간 깊은 바닷속에 들어가 횟감용 광어를 입에 물고 나온 것은 아버지였지만 그 광어를 두 배 혹은 세 배로 불린 것은 조였다. 조는 아버지가 마련한 종잣돈을 요소요소에 투자해 적정한 이익을 취했다. 기초는 아버지가 닦았으나 집안이 번창하기 시작한 것은 조의 시대로 접어든 후부터다.

조는 지금도 서문시장에 입점한 상점들의 상호명을 외울 수 있다. 일제강점기 때 지은 고색창연한 석조건물인 한국주택은행을 지나 서문시장으로 들어서면 결코 손이 닿을 수 없는 높은 창문들, 웅장하고 화려한 덧문을 단 금은방들, 층계와 난간 사이에 걸쳐진 듯 보이는 매대에서 장신구를 파는 소매상들이 줄줄이 늘어서 있었다. 상점 한쪽에 가볍게 걸린 간판을 읽으며 아버지가 지목한 가게를 찾아다니다보면 막다른 골목 앞에 서기 일쑤였다.

이곳은 아니지 싶어서 지나온 길을 되짚어나가면 다시 시장 입구가 보였다. 입구에서 다른 길로 들어서도 눈앞에 펼쳐지는 건 미로뿐, 조가 찾는 상호명은 보이지 않았다. 아홉번째 골목은 첫번째 골목과 똑같은 곳을 향해 나 있다는 사실을 깨달을 무렵에도 조는 서문시장 입구의 침울해 보이는 첫번째 상점 앞으로 돌아와 있곤 했다. 그때 조는 그 어느 곳에도 이르지 못한 채 항상 미로 앞에 서 있었다.

엉성한 그물처럼 짜인 수상한 골목은 바람소리와 사람들의 목소리로 항상 시끄러웠다. 처음에는 조심스럽게 나중에는 무관심하게 마침내는 절망에 사로잡혀 서문시장을 헤매던 조가 꼴사나운 눈물을 흘리지 않기 위해 발길을 멈추었을 때, 그는 골목에 놓인 나무계단의 높이와 넓이가 균일하지 않다는 것을 알아차렸다. 그것이 어린 조를 얼마나 피로하게 했던지……

오랜 시간이 흐른 뒤 시장의 골목을 한눈에 볼 수 있는 능력이 생겼다. 서문시장 입구에서 석회가 발린 벽을 지나 작은 골목으로 들어서면 1지구 수창상회가 나오고 그곳에서 직진해 높은 창문 밑을 한동안 걸으면 막다른 골목이 나온다는 것도 알게 되었다. 웅장하고 화려한 덧문을 단 4지구 명화당을 지나 튼튼한 층계와 난간이 있는 숙녀복 코너를 돌면 또다시 1지구가 나온다는 것도 알았다. 그것은 상점 한쪽에 단출하게 걸린 간판을 읽으며 비슷비슷하게 생긴 골목을 돌아다니다가 어느 곳에도 이르지 못한 채 벌벌 떨었던 기억이 가르쳐준 능력이었다.

서문시장 난전에서 종이를 팔던 아버지는 중년이 되어 지물포를 마련했다. 시장의 모든 상점이 아버지의 지물포와 거래했다. 지금은 비닐이 주 포장재이지만 그때는 짚을 원료로 사용해 만든 질 낮은 누런 종이로 물건을 포장했다. 지물포에는 벽지와 장판재도 있었으나 그것은 일종의 구색이었고 중요하게 취급하는 품목은 마분지와 헌 신문지였다. 아버지는 각 상점에 포장용 마분지와 신문지를 납품한 뒤 한 달 단위로 끊어 수금했다.

무학인 아버지는 무수한 기호와 화살표 같은 암호로 만든 장부를 지니고 있었다. 밤마다 엎드려서 몽당연필로 상형문자처럼 보이는 기호를 썼다 지우고 새로 쓰곤 했다. 어느 문자도 같은 모양이 없었다. 아버지의 문자는 그 의미를 이해하려는 찰나에 흐려지고 마는 색맹검사표 같았다. 하지만 아버지는 계산을 틀린 적 없었고 받을 돈을 덜 받은 적도 없었다. 조는 그 점에 안도했으나 아버지의 상형문자를 새로 배우는 번거로운 과정을 거쳐야 했다. 휘파람과 고함소리로 말 다루는 법을 익히는 목동처럼 조는 지물포의 일을 차근차근 배웠다. 아버지 심부름으로 수금하러 가면 난전의 상인과 상점주들은 대체로 적대적이었고 자주 침묵했다.

서문시장의 골목을 전부 외울 즈음 조에게는 돈이 흘러다니는 골목을 보는 눈이 생겼다. 모세혈관을 타고 흐르는 피처럼 돈이 여러 갈래로 퍼졌다 모이고 다시 갈라지는 것이 한눈에 보였다. 돈은 살아서 숨쉬는 한 마리 활어와 같았다.

조는 아버지에게 물려받은 지물포를 운영하는 한편 미군부대에서 흘러나온 군복을 팔았다. 나중에는 군복을 대량 구매할 루트를 뚫었다. 훗날 한 업자가 지물포를 넘기라고 권유했지만 팔지 않았다. 지물포는 아버지의 전부와 다름없기 때문이었다. 성가시기만 할 뿐 돈이 되지 않던 지물포를 그냥 놔뒀더니 군복으로 번 돈을 세탁하는 유용한 점포가 되었다.

소금을 사서 쟁여두면 소금값이 다락같이 오르고 조기를 사서 염장하면 조기값이 하늘을 찔렀다. 망해가는 공장에서 두루마리 천을 떨이로 사서 창고떼기로 팔아먹은 적도 있었다. 상품을 상자도 아니고 창고 단위로 팔던 호시절이었다. 한때 배신과 협잡과 사기가 서문시장을 휩쓸고 지나가기도 했으나 조는 그 구렁텅이에서도 살아남았다.

지물포의 단골인 대도상회는 본업인 의류소매업보다 부업인 젓갈 공장으로 돈을 벌었다. 젓갈이 줄어들면 항아리에 물과 조미료를 털어넣어 휘휘 저어주면 부족한 양이 채워진다고 했다. 그 말을 들은 조는 밥상에 젓갈이 올라오지 못하도록 엄명을 내렸다. 잘나가던 대도상회가 망했다는 소문이 돌자 삼백만원을 넣은 봉투를 가용에 보태 쓰라며 대도상회 며느리에게 주고 온 적도 있었다. 그때 조는 일생에 단 한 번 감상적인 사치를 부렸다.

견고한 벽돌담을 기어오르는 담쟁이처럼 안간힘으로 살아온 생이었으나 가끔 감정을 절제하지 못해 자기 안의 고요를 스스로 휘저어버린 적도 있었다. 늙어서 쇤 고사리처럼 마르고 껑충했던 아버지는 조를 비웃었다. 만약 아버지가 뚱뚱하게 변한 노년의 조를 봤다면 분명 폭소를 터뜨렸을 것이다.

*

"어멈은 언제 온다던?"

"모르겠어요."

"어딜 갔는데?"

"이모네 병원에요."

신사동에 간 큰딸은 저녁때가 지나야 돌아오지 싶다. 두 딸이 모여 앉아 내 흉을 얼마나 볼까? 딸들은 불과 몇 발자국 떨어진 곳에 있었으나 아주 멀리 있는 존재들 같았다. 하나의 대상에 관해 지각하고 인식하는 법은 동일하지만 딸들은 그 정보를 다른 방식으로 조합하고 해석해 결과적으로 자신과 다른 대상을 보는 듯하다고 조는 생각했다. 그들은 그렇게 수많은 날을 흘려보냈고 오해가 쌓인 많은 시간이 조와 딸들 사이로 밍밍한 물처럼 흘러갔다.

물론 딸들과 사이가 좋았던 적도 있었다. 작은딸의 대입학력고사 점수가 도내에서 가장 높게 나왔을 때, 조는 어깨를 한껏 추켜세우고 다녔다. 원하던 의대에 합격했을 때는 서문시장 입구에 새하얀 현수막이 나부꼈다. 그애가 빛나던 시기는 딱 그때까지였다.

작은딸은 지금 신사동에서 클리닉을 운영하고 있다. 뮤즈 클리닉이라는 간판을 볼 적마다 가슴이 쇠수세미로 문댄 것처럼 쓰라렸다. 작은딸이 피부과 전문의가 되었다면 뮤즈 클리닉 대신 뮤즈 피부과의원이라는 간판을 내걸었을 것이다. 피부과의원과 클리닉은 약국과 약방만큼, 딱 그만큼의 거리가 있다.

딸들에게 돌아갈 운을 내가 당겨써서 그런 건 아닐까?

공부를 잘하던 작은딸이 피부과 전문의 자격시험에 떨어진 걸 보면 '운칠기삼'이라는 아버지의 말이 맞는 것도 같았다. 반대로 그애가 피부과 전문의 자격증을 땄으면 조의 가슴은 쓰린 정도가 아니라 어쩌면 구멍이 뚫렸을지도 모른다.

작은딸이 하는 일을 보고 있으면 조는 저절로 우거지상이 되었다. 겨우 저 짓거리를 하려고 그 힘든 공부를 했나, 쭈그러진 여자들과 여드름이 숭숭 돋은 사내 녀석들의 얼굴을 기계로 지지는 것이 뭐가 그리 대단하고 가치 있는 일인가 하는 의문이 생겼고, 하찮은 일에 갖은 정성을 쏟는 딸이 가련하고 한심했다.

하루는 그애를 위로하려고 이런저런 말을 하다가 얼떨결에 속마음을 내비치고 말았다. 말이 끝나기 무섭게 작은딸의 눈 속에 슬픔과 분노의 빛이 어리는 걸 보았다. 그후 작은딸은 조를 보면 뾰족하게 튀어나온 입술을 호두처럼 굳게 다물었다.

큰딸은 늦은 저녁에 돌아왔다. 찬거리가 담긴 비닐봉지를 양손에 들고 오는데 보니 얼굴이 가관이었다. 밋밋하던 이마에 보형물을 지나치게 넣어 앞짱구가 되었고 눈은 상대적으로 흐리멍덩해 보였다.

"얼굴에 또 손댔니?"

"인생도 우울한데 얼굴이라도 밝아야죠."

"그게 밝은 거냐? 망한 거지."

큰딸은 작년에도 얼굴을 풍선처럼 만들어가지고 왔었다. 그때도 같은 말을 했다. 인생도 우울한데 얼굴이라도 펴야지요. 팔자주름이 생긴 뒤 입 주변의 피부가 늘어져서 얼굴이 우울해 보인다고, 그래서 시술을 받았다고 했다. 그 말을 하던 큰딸은 크림빵을 가득 물고 있는 것처럼 입매가 자연스럽지 않았고 양볼에 심술기가 덕지덕지 붙어 있었다. 발음조차 술술 새서 안 그래도 어두운 조의 귀가 한동안 고생깨나 했다. 그걸 생각하면 작은딸이 피부과 전문의 자격시험에 떨어질 만하다고, 공부를 잘한다고 의술이 좋은 것만은 아닌 게라고 어림잡아 헤아렸다.

"오늘날 우리가 이만큼 살게 된 걸 감사하게 여겨야지 우울할 게 뭐 있누?"

"아버진 저나 조원장 생각은 조금도 안 하시잖아요. 그래서 우울하다고요."

제가 우울한 건 바람 든 무처럼 속이 성긴 신서방을 만난 탓이지 왜 나 때문이란 말인가? 큰딸은 학교도 뒷전인 애였다. 어려서부터 제 엄마의 눈을 피해 바람을 살살 피우고 다녔다. 바람둥이 큰딸은 애초에 포기했지만 어떤 경우에도 셈이 바르고 똑똑했던 작은딸마저 왜 덩달아 빙충이가 됐는지 모르겠다. 큰딸과 한패가 되어 놀아나더니 헛바람이 들어 조의 속을 수시로 뒤집었다.

"조원장 곧 폐업할 것 같아요."

"그놈의 폐업한다는 소리, 그만 좀 해라."

"피부과는 휴가철과 방학이 호황인 건 아시죠? 뮤즈 클리닉에 갔더니 파리만 날리고 있더라고요."

"인테리어도 새로 하고 용모 단정한 코디를 두 명이나 뽑았잖니?"

"그럼 뭐해요. 장비가 낡았는데."

툭툭거리는 말버릇하곤. 황소처럼 사나운 제 어미도 큰딸의 버릇을 고치지 못하고 죽었다. 그러니 어쩌겠는가. 도리 없이 견디는 수밖에…… 숨을 깊이 들이마셨다가 뱉은 조가 다시 말을 이었다.

"올봄에 레이저 토닝 기계도 들여놨잖아."

"옆 블록의 동종 병원은 복합 리프팅 기계가 씽씽 돌아가는데 케케묵은 그 기계로 경쟁이 되나요?"

어휴, 갈수록 태산이다. 자격증 없는 아우 탓은 안 하고 장비 탓만 하다니. 돈은 들어올 때와 나갈 때가 다른 법이라고 입이 닳도록 일렀건만…… 작은딸이 빚에 허덕이게 된 것은 새로운 의료기기를 도입하고 병원을 무리하게 확장한 탓이다. 흑자인 병원도 돈이 들어와야 할 때 들어오지 않게 되면 문제가 발생한다. 하물며 의료보험 비급여 대상인 피부과 시술을 하면서 임대료는 계산에 넣지도 않고 설비와 실내장식에 돈을 쏟아부어 저 지경에 이르렀다.

"대기업과 중소기업도 유동자산을 부실하게 관리하면 망하는 법인데……"

"뮤즈 클리닉은 부실하게 관리할 유동자산마저 없다고요."

"그럴수록 기본에 충실해야지. 의사 신용대출은 왜 하누? 복합 리프팅 기계는 또 뭐고?"

"조금만 버티면 경기가 좋아진다잖아요. 첨단 의료기기라도 들여놔야 병원을 유지하죠."

"일을 그렇게 처리하면 악순환만 반복된다니깐 그래."

딸들과 대화하면 끝없는 모래사막을 걷는 기분이 된다. 가도 가도 똑같은 색깔, 똑같은 입자의 모래가 펼쳐지는 지루하고 메마른 사막.

"조원장 처지가 말이 아니에요. 대출이자는 고사하고 세금도 못 낸대요."

"나더러 어쩌라고?"

"아버지…… 여주에 땅 있으시잖아요."

기어이 땅 얘기를 꺼냈다. 큰딸의 성미로 봐서는 많이 참은 것이다. 작은딸이 의대에 합격한 후 조는 서문시장에 풀어놓은 돈을 거둬들이고 상가도 정리했다. 딸들에게 장사치의 핏줄이라는 말을 물려주기 싫어서였다. 생활근거지를 서울로 옮기고 나서도 상대가 내 이력을 아는가 싶어 긴장할 때가 많았다. 서울에서의 삶 역시 녹록하지 않았다. 여러 상황과 변화가 조를 지배했지만 모두 받아들였고 어떤 악조건 앞에서도 굴하지 않았다. 큰딸이 들먹이는 여주 땅은 서울로 이주할 때 마련한 것이었다.

"이 기회에 파시는 건 어때요?"

"뭘 팔아……?"

"여주 땅 말이에요. 조원장은 피가 마른다고요."

"그건…… 어렵겠구나."

"저희한테 이러시면 안 되죠."

"팔고 싶어도 팔리지가 않는데 난들 어쩌겠니?"

"자식이 어려울 때 돕는 게 부모잖아요."

"지금에야 말이지만…… 그 땅은 맹지란다."

"네에……?"

"길이 없는 땅이라고."

"하, 맹지를 사셨다고요? 다른 사람도 아닌 아버지가요?"

"뭐에 씌었던 게지. 그러니 그 땅을 누가 사겠니? 부동산에 내놔봐야 값만 후려칠 뿐 아무도 사려 들지 않을 게다."

"솔직히 말씀하세요. 우리가 팔아 치울까봐 일부러 그런 땅을 고르셨다고!"

"아무려면 일부러 샀겠니?"

"능히 그럴 분이세요. 얼마나 심술궂은지 본인은 모르시죠?"

조는 북받치는 노여움을 참기 위해 어금니를 지그시 깨물었다.

"나는 장사를 하며 평생을 산 사람이야. 장사치의 소원은 죽을 때에도 이문을 남기고 눈을 감는 거란다. 한데 사고 보니 맹지여서 나도 기가 막혔다."

"여북하시겠어요. 아버지와 얘기를 나누면 억장이 무너져요. 숨 쉴 수도 없게 가슴이 콱 막힌다고요!"

"화만 내지 말고 얘기를 들어봐라. 그 땅이 맹지이긴 해도 훗날 규제가 풀리면 길을 낼 수도 있다더라. 길은 너희 대에서 내면 되지. 땅이 어디로 도망갈 것도 아니겠고."

"어느 세월에 그 땅을 팔아 돈을 만져요. 조원장은 하루가 급한데."

작은딸을 꼬박꼬박 조원장이라고 부르는 큰딸의 말이 거슬렸다. 원장은 무슨…… 기계가 전부 하는 일을 가지고 병원 원장이랄 것까지야…… 소리 없이 입술을 달싹이던 조가 탁자에 놓인 리모컨을 집어들었다. 금방이라도 달려들 태세였던 큰딸은 통탕거리는 발소리를 내며 주방으로 들어갔다. 팔 수 없는 땅을 산 죄로 기세가 한풀 꺾인 조는 리모컨으로 티브이 채널을 돌리며 큰딸의 눈치를 흘끔흘끔 봤다. 사온 찬거리를 비닐봉지에서 꺼내던 큰딸이 고개를 홱 돌렸다.

"아버지, 노년이 외로운 사람은 자기 감정을 솔직하게 표현하는 법과 나누는 법을 배우지 못해서 그런 거래요."

몹쓸 것. 아무리 흔들어봐라, 내가 움직이는가. 감정을 솔직하게 표현하면 니들과 원수가 될 게 분명한데 무슨 말을 하겠니? 나누는 법? 흥, 말이야 옳다만 내 것을 번번이 니들과 왜 나눠야 하지? 너희가 가진 것은 조금도 나눠줄 생각이 없어 보이는데……

티브이 채널을 이리저리 돌리던 조가 꽤 오랫동안 움직이지 않았다. 리모컨을 단단히 틀어쥔 채 어찌할 바를 모르고 머뭇대더니 허리를 엉거주춤 굽힌 채 티브이 앞으로 조금씩 다가갔다.

"얘야…… 큰애야!"

조에게 들으라는 듯 개수대에서 왈각달각 큰 소리를 내며 그릇을 씻던 큰딸이 왜요? 하며 불퉁하게 대답했다.

"이리 좀 와봐…… 어서……!"

입가에 조롱기를 매단 채 거실로 건너온 큰딸도 티브이 앞에 서더니 움직이지 않았다.

"어머……?"

"저, 저걸…… 어쩌면 좋으냐."

"저기 서문시장 아니에요……?"

"서문시장이……"

"……큰불이 났군요. 시장에 불이……"

그제야 조가 주먹을 부르쥐었다. 시장의 상점들을 집어삼킬 듯 시뻘겋게 치솟는 불길, 서문시장을 뒤덮은 자욱한 연기가 금방이라도 티브이 화면 밖으로 흘러나올 듯 생생하게 느껴졌다.

"폴리스 라인을 설치한 곳이 3지구 맞죠?"

"3지구 105호 같다. 불길이 저곳에서 시작된 모양이야."

"3지구 105호라면…… 또야네인가요?"

큰딸의 물음에 조가 고개를 끄덕였다. 손바닥에 땀이 꼽꼽하게 차오른다. 포탄을 맞은 듯 벽 한가운데가 휑하게 뚫린 또야네 상점. 무너진 벽돌더미 앞에 쌓인, 불에 그슬린 흔적이 선명한 두루마리 천들. 세로로 길게 매달려 바람이 불 때마다 덜렁거리는 간판들…… 화재가 일어난 3지구 골목 안에서 잔불을 정리하는 소방관을 바라보던 조는 오래전에 끊은 담배가 생각났다. 주먹을 폈다 다시 쥔 조는 꺼먼 재를 덮어쓴 채 뒹구는 냉장고와 블라인드의 잔해를 망연히 쳐다봤다. 서문시장 3지구의 화재는 조가 걱정한 것보다는 덜 끔찍한 풍경이었다. 그동안 서문시장에 큰불이 스물다섯 번 정도는 났지 싶다. 큰딸도 저 난리를 두 번쯤 겪었고 조는 열한 번, 아버지는 그보다 훨씬 많을 것이다.

*

서문시장 3지구가 잿더미로 변해가는 것을 지켜보던 조는 알 수 없는 어떤 힘이 자신에게 흘러들어오는 것 같다고 생각했다. 일테면 한꺼번에 몰아서 터지는 힘 같은 것. 조는 더는 누를 수 없는 팽창된 기운을 느꼈다. 자신에게 내재된 힘이나 기운 같은 것이 서문시장의 화재를 계기로 점성을 띠며 활기를 되찾는 느낌이었다. 그리고 서문시장의 기억이 조의 머릿속에 온전히 되살아났다.

인류가 생기기 전, 심지어 땅이 생기기도 전에 지어진 것처럼 오래된, 그럼에도 각각의 기묘한 특징을 지닌 서문시장 상점들. 무질서하게 뒤엉킨 골목을 돌아 넓은 공터를 지나면 모양이 일정하지 않고 높이도 들쑥날쑥한 난전의 차양이 길게 이어졌다. 서문시장 난전들은 이른 아침에 세워졌다가 파시가 되면 흔적도 없이 사라졌다. 원형 혹은 사각형의 천 지붕을 받친 난전의 기둥 아래 벌여진 좌판에는 다양한 물건들이 종류별로 진열되어 있었다.

상인들의 외모에는 파는 물건의 특징이 배어 있었다. 옷 장수는 천생 옷 장수처럼 생겼고 생선 장수는 척 봐도 생선 장수였다. 난전 상인은 여위고 꼬질꼬질한 반면 상점 주인은 살집이 두툼하고 얼굴에 기름기가 흘렀다. 그러나 어떤 상인이든 야비함과 인자함을 동시에 지니고 있었다. 손님에게는 조금도 남지 않는다, 본전이라는 말을 줄기차게 하지만 대개 새빨간 거짓말이었다. 에누리를 해주지 않을 것처럼 야박하게 굴다가 상이군인이나 노숙자가 깡통을 내밀면 푼돈을 아낌없이 투척했다. 유쾌하면서도 혐오스런 목소리를 지닌, 무한한 존경과 연민의 감정을 불러일으키던 서문시장 상인들.

조는 서문시장을 한눈에 볼 수 있어도 골목이 몇 개인지는 모른다. 분명 훤히 꿰고 돌아다녔는데도. 비참했던 과거가, 언짢았던 당시의 상황들이 시장 골목을 무수히 증식시켰기 때문이다. 조가 지금 떠올리는 여러 상점의 특징이 그때 그곳을 그대로 옮긴 것인지 아니면 과거의 기억이 마구 풀어놓은 형상을 잘못 옮긴 것인지 그것조차 확신할 수 없다.

무자비한 언사와 교묘한 책략, 얄팍한 선심이 횡행하던 시장 바닥에서 조의 뼈가 굵어졌다. 여기가 바닥인가 싶으면 언제나 더 낮은 바닥이 보였다. 조는 자주 무너지고 자빠졌다. 그럴 때마다 견딜 수 없는 극한까지 자신을 몰아갔다. 그는 삐끼나 양아치, 소매치기가 될 수도 있었다. 종잣돈을 손에 쥐고 놓지 않으려는 안간힘이 지금의 조를 만들었다. 그렇게 버티자 서서히 운이 따르기 시작했다.

조의 역사는 돈 띠지의 역사와 맥을 같이했다. 돈을 묶는 끈이 고무줄에서 종이 끈으로, 접착식 띠지로 꾸준히 변해왔듯이. 노란 고무줄로 돈을 한 뭉치 묶은 뒤 검지로 튕기면 탱, 하고 경쾌하게 나던 소리. 과거의 기억에 완벽히 도취된 조는 황홀한 눈빛으로 허공을 더듬었다. 돈이 돈을 부르던 시절, 뭐든 사두면 오르기만 하던 시절. 이제 그 시절은 사라지고 돈은 통장의 숫자로 남았다. 지폐를 가득 움켜쥐고 부피로 금액을 가늠하던 호시절은 다시 오지 않을 것이다.

겨울날 아랫목에 깔린 이불 속으로 다리를 뻗으면, 조의 다리를 꾹꾹 눌러주며 노래를 흥얼거렸던 어머니. 이 거리 저 거리 각 거리 진주 맹건 또 맹건…… 머구 밭에 떡서리 칠팔월에 무서리 동지섣달 대서리…… 항아리 밑바닥처럼 고요한 잠이 때없이 덮쳐왔다. 소파에 누운 채 깜박 선잠이 들었던 모양이다. 누군가 어깨를 흔들어 깨우는 기척이 느껴졌다. 조가 한 손으로 사이드 테이블을 짚고 일어나는데 눈앞이 뿌옜고 뒤이어 매캐한 연기가 그의 숨통을 막았다.

"부, 불이야……!"

조가 엉겁결에 두 팔을 마구 휘두르는데 찬의 목소리가 어렴풋이 들려왔다.

"할아버지, 진정하세요."

가만, 여기가 어딘가. 잠기운이 붙은 눈을 연방 끔벅거리던 조가 사방을 두리번거린다. 뿌연 연기가 실내를 자우룩이 덮고 있다. 뒤이어 원두 볶는 냄새가 진하게 묻어났다.

"그놈의 커피…… 여직 포기하지 않은 게냐?"

따끔하게 이르는데 입속이 말라서인지 쇳소리가 섞여 나왔다.

"그게…… 그러니까요……"

조에게 할말이 있는 듯 찬이 머뭇머뭇 다가왔다. 그러나 가까이 오지는 못하고 소파 근처에서만 얼쩡거리고 있다. 찬이 올해 들어 부쩍 카페 타령을 했다. 입도 떼지 못하게 으름장을 놓을까도 싶었지만 한창 나이에 기가 죽어 방구석에 처박힌 걸 보면 측은한 마음이 앞섰다.

"일전에 나가서 시세를 알아보니 작은 카페도 이삼억은 손에 쥐어야 한다던데…… 그 돈이 적은 돈도 아니겠고."

찬은 돈이 무엇인지 얼마나 무서운 것인지 모른다. 돈을 다룰

때는 충동적이거나 즉흥적이면 안 된다. 때로는 영민하게 때로는 둔감하게 다뤄야 돈에 먹히지 않는다. 돈이 없으면 항상 돈 생각을 하게 되지만 많으면 보이지 않는다. 주머니에 들어 있는 것이 당연하게 여겨진다. 그때부터 위험하다. 돈의 기운을 누를 수 있을 때 비로소 그것으로부터 자유로워진다. 요즘 애들은 돈과 교제하는 것이 서투르다. 교육수준은 높아졌어도 무학인 아버지만큼도 돈을 모른다. 어미가 던져준 카드를 쓸 줄만 알지, 은행에서 제 손으로 통장 하날 개설해본 적이 있을까. 큰딸이 돈에 관해 가르친 적이 있을까?

"금융 이해력이 딸려도 한참 딸릴 텐데 무슨 카페를 한다고 그러니?"

"금융 이해력, 그게 뭔데요?"

이상하게 느낄 정도로 찬의 목소리가 냉담했다.

"카페를 운영한다는 것은 네가 바깥세상으로 나간다는 뜻이고 경제활동을 시작한다는 의미잖아. 카페를 하게 되면 모르는 사람과 매일 마주쳐야 하는 것처럼 새로운 돈과도 날마다 만나야 하지. 그러려면 기본적인 금융 지식이 있어야 해. 일테면 용돈을 체계적으로 관리하는 것부터 배워야 한다고."

"할아버지는 무슨 말을 하시든 돈으로 시작해서 돈으로 끝나요. 간단하게 말해서 제가 부족하다는 거잖아요. 카페에 취직해서 바닥 쓰는 것부터 시작해라, 이 말이 하고 싶으신 거잖아요. 할아버지 말씀대로 하면 스티브 잡스 같은 기업인은 절대로 나올 수가 없어요. 지금은 할아버지가 살던 시대가 아니에요. 세상이 달라졌어요."

제 어미의 아들 아니랄까봐 또박또박 말대꾸하는 것 좀 보라지.

"다르긴 뭐가 달라. 세상 사는 이치는 예나 지금이나 조금도 변하지 않았어."

"현재도 빠른 속도로 변하고 있어요. 할아버지는 페이스북도 못 하시잖아요."

"그건 가짜 세상이지. 니들은 보고 싶은 것만 보더라. 청맹과니가 되고 싶은 게냐? 뭐든 자기 눈으로 보고 느껴야 제 것이 되는 게야. 그러니 순서를 밟아서 차근차근…… 호박도 똥거름 위에서 굵어지는 법이란다."

어디 호박뿐인가. 수박을 키울 때도 줄기를 싹둑싹둑 잘라줘야 한다. 자칫 실수하면 속이 허연 수박이 열린다. 수박을 한 덩이 키우는 것도 쉽지 않은데 저 어린 걸 언제나 키울까. 눈에 넣어도 아프지 않을 유일한 외손자, 찬. 겨우 키운 열매가 썩거나 마르지 않도록 웃거름을 넣어줄 시기가 언제인지 헤아리고 있는데 별안간 조의 눈앞이 핑 돌았다. 놀이동산에서 요리조리 뱅글뱅글 돌아가는 기구를 탄 것처럼 조는 심한 어지럼증을 느꼈다.

"어…… 내가 왜 이러지."

뒤틀린 입가로 침을 질질 흘리던 조가 풀썩 쓰러지기 전에 본 것은 주방에 가득찬 연기였다. 원두를 볶을 때 사용하던 기구들이 널브러진 식탁을 얼핏 본 것도 같다.

"숨이, 숨이…… 막혀……"

기겁한 찬이 할아버지 왜 그러세요, 하며 조를 끌어안았다는데 도무지 기억나질 않았다. 마른 짚단처럼 쓰러진 조는 탁하고 어두운 색깔의 피가 제 몸속에서 서서히 순환하는 것을 보았다. 자신의 장기를 현미경으로 관찰하듯 세밀히 들여다본 듯해 부르르 진저리를 쳤다. 출렁이는 강물에 반듯하게 누운 것처럼 등이 쉼없이 흔들렸다. 조는 은빛 물결에 실린 채 출렁출렁 떠내려가고 있었다. 자신이 떠내려가고 있는 곳이 죽음의 강이라 해도 그리 억울하지 않다고 조는 생각했다. 다만 눈부신 물결로 출렁거리는 은빛 강을 떠내려가다가 물가에 등이 닿으면 저쪽 땅으로 발을 들이기 전에 반드시 복수하기로 결심했다.

대체 누구에게? 끊임없이 대드는 저 딸들한테?

조에게 덤빌 때 보면 병리학적 설명이 요구될 만큼 딸들의 내면에는 잔인함이 숨겨져 있었다. 그래서 조는 얼마간 딸들을 증오했다. 딸들한테 품었던 증오가 잠시나마 세상을 살아갈 용기를 주고 고목처럼 늙고 퍼석한 몸에 생기를 불어넣어준 것은 사실이다. 하지만 찬을 미워한 적은 없었다. 그런데 불현듯 외손자가 미워져서 아주 다정하게, 찬을 소중히 여기면서도 그렇다는 사실을 회피하는 심정으로 초조하게 불렀다.

“차, 찬아……!”

말을 간신히 뱉은 후 정신을 놓기 전에 끊길 듯 이어지던 찬의 혼잣말을 들은 것도 같았으나, 조는 자신의 당나귀 귀가 이명을 들은 것으로 치부해버렸다. 119 구급대원을 다급하게 부르는 찬의 목소리 끝에 희미하게 따라붙었던 그 작은 소리는 부실한 당나귀 귀가 잘못 들었을 것이 너무도 명백한 내용이었기 때문이다. 어쩌면 환청이었을 수도.

“영감, 존나 기 빨리게 하더니……”

*

조가 눈을 떠보니 이마가 툭 튀어나온 큰딸이 흐리멍덩한 눈으로 자신을 내려다보고 있었다.

“아버지, 다 보여요.”

“뭐가……?”

“눈을 떴다가 도로 감는 거요. 의사 선생님이 그러는데 중한 병은 아니래요.”

“실망했냐?”

“아버지, 다 보여요.”

“뭐가……?”

“귓바퀴 움찔거리는 거요. 귀가 당나귀 귀처럼 생겨서 남들은 팔랑귀 같다고 하지만 자식들이 보기엔 아버지의 귀는 팔랑귀가 아니에요."

"그래서 실망했냐?"

"말씀을 하셔도 꼭……"

"그만 집에 들어가라. 잠 좀 자게……"

일인용 병실에 누운 조는 뇌리에서 뱅뱅 도는 찬의 중얼거림 같은 작은 소리를 애써 무시했다. 그리고 이해와 오해 사이에서 생기는 엄청난 간극에 대해 깊이 생각하려고 노력했다.

*

조의 병명은 이석증이었다. 귓속에서 떨어져나온 이석이 세반고리관 속을 떠돌아다니다 평형감각을 담당하는 신경을 자극하여 생기는 병이라고 했다. 실신할 것처럼 어지럽다가 이내 말짱해졌고 그러다가 어찔어찔 내둘렸다. 자신이 회전하는 것 같기도 했고 반대로 세상이 핑글핑글 돌 때도 있었다. 어지러울 때마다 조는 주문을 외듯 중얼거렸다.

"속지 말자, 속지 마…… 한낱 현훈일 뿐이야."

내가 도는 것도 세상이 돌아가는 것도 아니라고, 그저 단순한 눈속임 귀속임일 뿐이라고 자신을 다독여도 번번이 나동그라졌다. 화장실에 갈 때마다 침대 턱에 걸리거나 모서리에 부딪쳤다.

균형이 문제였다. 말년에 몹쓸 어지럼증에 발목이 잡히다니. 자신의 나이를 감안하면 앞으로도 이런 일이 종종 있을 거라고 생각하자 조는 급격히 침울해졌다.

"약을 먹으면 금방 회복되는 증상인데 이상하네요."

회진을 돌던 의사가 정밀검사를 해보자고 말했다. 뒤늦게 똥오줌을 치우게 될까 지레 놀란 큰딸이 다짜고짜 휠체어에 앉히더니 채혈실로, 영상의학과로, 내시경실로 온종일 끌고 다녔다. 조는 목이 묶인 개처럼 꼼짝없이 끌려다닐 수밖에 없었다.

고단했던지 그날 밤에 열이 났다. 해열제를 먹은 후 기진하여 늘어졌다. 눈을 감자 몸이 허공으로 솟구치더니 하늘을 날아다녔다. 우주선이나 열기구를 탄 것 같았다. 광활한 우주가 빠른 속도로 자신에게서 멀어져가고 있는 걸 느꼈다. 조는 허공에 뜬 채 빙글빙글 돌면서 너울성 파도가 치는 바다를 보았고, 입술이 새파랗게 질린 아이들이 튜브를 옆구리에 낀 채 종종걸음 치는 모래사장을 보았고, 잔잔해진 새벽 바다 위로 솟아오르는 붉은 해를 보았다. 회칠을 한 시멘트 벽에 팬 은밀한 틈을 보았으며, 녹물 같은 가느다란 물줄기가 소리 없이 흘러내리다가 그 갈라진 틈으로 스며드는 것을 보았고, 서문시장 입구에 조성된 작은 동산의 봄꽃들이 바람에 날리는 것을 보았으며, 유치원 버스에서 내린 시장통 아이들의 경쾌한 웃음소리를 들었다. 서문시장 3지구의 여섯번째 골목에서 서성거리는 자신을 보았으며, 남루한 옷을 입은 행인이 깨진 거울을 밟고 서 있는 자신을 지켜보는 것을 보았고, 아주 가까이에서 지켜보던 많은 눈들이 사시로 변한 채 산산조각이 난 거울 속에 담긴 것을 보았으며, 미래를 오염시키기에 충분한 불쾌한 기억 때문에 두려움에 떠는 자신을 보았다.

어지럼증은 꿈속까지 따라왔다. 조의 꿈은 어지럽고 잔혹한 느낌들로 뒤엉킨 채 불연속적으로 이어졌다. 미래와 단절된 채 과거에 갇혀 있는 것 같았고 과거와 미래를 이어줄 기억의 한 부분이 감쪽같이 사라져버렸다는 걸 알게 된 무렵에야 꿈에서 깨어났다. 새벽녘인가, 귀에 익은 목소리가 들려왔다.

"언니, 아버지가 대도상회 며느리와 바람났던 거 기억해? 그때 엄마가 속을 얼마나 태웠게……"

곧 죽을 병이 아니어서 그런지 병실에 코빼기도 비치지 않던 작은딸의 목소리였다.

"이대로 돌아가시면 상속세가 많이 나올 텐데."

"미리 나눠주시면 얼마나 좋아."

"아버지는 수의에 주머니가 없다는 것도 모르실 양반이야."

열 때문에 눈을 뜨지는 못하지만 조의 귀가 멀쩡하다는 걸 딸들은 모르고 있었다.

"나 아직 죽은 거 아니다."

누군가 아이고, 하는 탄식 비슷한 외마디를 지르고는 바싹 마른 조의 입에 얼른 물통의 빨대를 물려주었다. 닥치고 물이나 마시라

이건가. 딸들은 조가 은밀한 장소에 아주 많은 돈을 꿍쳐두고 있다고 믿었다. 하나같이 입가에 조롱기를 매단 채 경멸하는 표정으로 말했다. 수전노 같다고.

낮이면 출신조차 명확하지 않은 외부인이 휩쓰는 시장이라는 공간에서 조는 노력한 만큼의 성과를 얻었다. 시간이 흐를수록 세월에 잘 적응하는 변화된 자신을 느꼈고 평균치의 도덕률을 갖춘 채 세상을 살아왔다고 자부했다. 조가 마지막으로 움켜쥐고 싶은 것은 돈이 아니라 집안의 질서와 평온이었다. 딸들은 조의 마음을 헤아리지 못했다.

딸들이 돌아간 뒤 조는 원인 모를 박탈감으로 인하여 매우 고통스러웠다. 병실의 유리창으로 샛노란 달빛이 쏟아져내렸다. 보름이었다. 조는 자기 안의 엄격하고도 셈 바른 노인과 싸우느라 달빛 속에 한참 동안 앉아 있었다.

*

정밀검사 결과가 나왔다. 뇌졸중이나 뇌출혈 같은 심각한 질환은 아니었다. 조는 입원한 김에 어지럼증이 가라앉을 때까지 병원에 며칠 더 있기로 했다. 조는 병원이 좋았다. 혼자 할 수 있는 작은 일도 일부러 하지 않았다. 밥을 떠먹여줄 때까지 간병인을 기다렸고 환자복을 갈아입을 때도 팔을 스스로 움직이려 들지 않았다. 지친 간병인이 팔을 거칠게 잡아당겨 소매 속에 마구잡이로 끼워넣어도 표정이 밝았다.

조에게는 유년기가 없었다. 어머니가 돌아가신 후 아버지 손에 자라 일찍 애늙은이가 되었다. 유년기를 훌쩍 건너뛰어 청소년기부터 맞이한 셈이다. 어지러운데다 열이 오른 조는 자주 혼몽에 빠졌다. 자리에서 일어나면 눈가에 눈물이 맺혀 있는 날도 있었다. 놀이공원에서 아버지의 손을 놓치고 엉엉 울다가 깨어난 날 거짓말처럼 열이 내렸고 어지럼증도 가라앉았다.

가을비가 추적추적 내리던 날, 조는 자신의 남은 미래를 찬찬히 생각한 끝에 중대한 결정을 한 가지 내렸다. 방금 내린 결정을 뼈에 혹은 심중에 새기듯 또박또박 말했다. 시간이 흘러도 마음이 바뀌지 않을 거라고 그는 생각했다. 눈에 넣어도 아프지 않을 찬이 중년이 되어 자신의 묘지를 찾아와 자신과 똑같이 생긴 얼굴로 뜨거운 눈물을 뿌린다 할지라도. 그것이 회한의 눈물이든 지나온 생에 대한 허무의 눈물이든. 그리고 딸들과 손자에게 유산을 한 푼도 남기지 않겠다는 결정을 집행할 시간이 충분히 남아 있다는 것도 본능적으로 알았다.

퇴원 수속을 밟고 집으로 돌아온 조는 사심 없는 얼굴로 전과 다름없이 생활했다. 어느 날 문득 짚이는 게 있어 큰딸을 불렀다.

"애야…… 큰애야. 이 기회에 일러둘 말이 있다. 훗날 내가 없더라도 신서방은 절대 집에 들이지 마라. 재산을 한 번 들어먹은 사람이 두 번 사고 치지 않는다는 법은 없는 거란다. 사람은 안 변한다."

조의 말을 끝까지 들은 큰딸이 말간 목소리로 대답했다.

"네, 사람이 변하지 않는다는 건 저도 알아요. 아버지만 봐도…… 그렇잖아요."

천사는
이렇게 탄생한다

다섯 번.

골목 어귀에서 까진 뒤꿈치에 일회용 밴드를 붙이던 은주가 중얼거렸다. 새 구두를 신고 급히 대전으로 내려오는 바람에 아까부터 발이 욱신거리던 참이었다. 오늘 아침, 노인을 다섯 번만 만나달라는 책임자 박의 은근한 부탁이 있었다. 현관 로비를 오갈 때마다 마뜩잖은 눈길을 보내던 박이 싱글거리며 안내 데스크로 다가올 때부터 수상한 기미가 엿보였다. 박이 날마다 로비를 오가며 자신을 자르는 것이 득인지 실인지 속으로 가만히 계산을 맞춰본다는 것, 박의 기분에 의해 이 개월에서 육 개월로, 이 년이 되어가는 지금까지 자신의 근무 일수가 근근이 늘어났다는 것을 은주는 모르지 않았다.

까짓 다섯 번.

그쯤이야 못할 것도 없다고 생각하며 은주는 도르르 말린 밴드 포장지를 힘껏 움켜쥐었다. 걷다보니 상가주택의 벽돌담 밖으로 가지를 늘어뜨린 적송이 보였고 은주는 홀린 듯이 그쪽으로 걸어갔다. 구글 지도에 의지하지 않고도 목적지에 무사히 도착할 수 있었던 건 그 적송 덕분이었다. 상가주택 일층에는 '소렌토'라는 이탈리안 레스토랑이 들어와 있었고 노인은 이층에 홀로 거주하는 눈치였다.

집을 용케 찾으셨네요.

노인은 현관 입구까지 내려와 있었다. 은주의 도착 시간을 미리 알고 마중나온 모양새였다. 책임자 박과 사전에 전화통화를 했을지 모른다. 그렇다면 노인한테 용건을 말하는 것이 생각과는 다르게 수월할 수도 있었다.

먼길 오셨소. 앉으세요.

다행히 노인의 목소리는 카랑카랑했고 건강상태도 양호해 보였다. 마음이 한결 가벼워진 은주는 거실 소파에 앉아 창 쪽으로 고개를 돌렸다. 창밖에 적송 한 그루가 서 있었다. 골목으로 들어설 때부터 은주의 시선을 끌던 나무였다. 도심에서 보기 힘든 우람한 줄기와 용틀임하듯 구불구불하게 뻗은 나뭇가지를 올려다보며 노인의 집은 이 근방이 아닐까 짐작한 터였다.

소나무가……

작은 소리였는데 노인이 귀신같이 알아들었다.

둥치가 크지요? 내 손으로 삼십 년 가까이 키운 거요.

집안일을 돕는 아주머니가 모과차를 가져오자 둘 사이에 오가던 대화가 끊겼다. 아주머니가 발을 뗄 때마다 낡은 마룻장이 삐걱거렸다. 발소리가 부엌 쪽으로 멀어질 즈음 노인이 입술을 달싹거렸다.

일전에 내게 선물한 가스 차단기 말이오. 그걸 받곤 한동안 흐뭇했어요. 가정의 향기랄까, 그런 게 느껴집디다.

그녀는 얼굴을 붉힌 채 그 선물은 행복마을을 방문한 고객한테 드리는 답례일 뿐 특별히 마음을 쓴 건 아니라고 해명했다. 회사에서 주는 선물용품은 정해져 있다. 스페셜티 커피, 화장품, 목도리, 신용카드만 들어가는 작은 손지갑. 은주의 선물은 가스를 사용한 후 삼십 분이 지나면 자동으로 잠기는 가정용 가스 차단기였다. 그런 물건은 누구나 오래 고민한 뒤에 사는 것이며 가족이나 정이 두터운 친구가 하는 선물이라고 노인이 오해할까 두려웠다. 한낱 방문 고객한테 선물 따위를 하다니……

은주는 선물을 즐기는 유형이 아니고 친절한 편은 더더욱 아니어서 시간이 꽤 지난 뒤에도 그 일을 떠올렸고 곰곰이 따져봤으나 자신의 행동이 납득되지 않았다. 그냥 무언가에 살짝 미쳤었지, 싶었다. 그런데 그날 노인과 마주앉고서야 자신이 돌발적인 행동을 한 것은 노인의 눈빛 때문이라는 걸 알게 되었다. 자신의 삶을 오로지 홀로 구축하고 이룩한 사람의 눈. 노인의 눈을 흘깃거리느라 회사에서 준비한 서류를 꺼낼 타이밍을 번번이 놓치고 있다는 것도 방금 깨달았다.

나는 열네 살이 되던 해부터 보호자가 없었소. 무엇이든 혼자 익히고 깨우쳐야만 했지요. 주로 책을 통해 배웠어요. 교도소에선 달리 할일이 없었으니까. 그런데 정작 생활에 필요한 것은 책에 적혀 있질 않아요. 밥풀이 붙은 공기는 물에 담가둬야 설거지가 편하다든가 하는 자질구레한 것들 말이오.

홍안의 소년이 교도소에서 삼십 년 가까이 지내다 사회로 나오면 눈뜬장님이 되기 마련이며 일반인에게는 손쉬운 생활의 요령을 따라잡는 게 얼마나 어려운지, 노인은 그 곤경에 관해 차분하게 말을 이어갔다. 모과차를 마시며 은주는 노인의 이야기에 자연스레 빠져들었다.

나를 괴롭힌 것은 크고 중요한 문제들이 아니었소. 사소한 일을 처리하지 못해 절절매곤 했어요. 그런 걸 물어볼 사람이 주변에 없었고 인터넷도 없던 시절이었으니까. 다른 집들은 셔츠는 셔츠끼리 양말은 양말끼리 분리하여 서랍에 넣는다는 것도 최근에 알았으니 말해 뭐하겠소. 그동안 가정집의 초대를 단 한 번이라도 받았으면 내가 지금 이런 맹탕이 되지는 않았을 거요.

그것은 불빛이 없는 깜깜한 산길을 홀로 헤치며 나아가는 일이나 다름없다고, 버둥거리며 앞으로 나아갈 적에 발목을 적시는 진창에 관해서라면 자신도 얼마간 안다고 은주는 자부했다. 그녀는 아홉 살 때부터 유일한 보호자인 엄마를 돌보았고 그 나이에 벌써 불가능성에 대한 공포를 어렴풋이 알고 있었다. 은연중에 엄마를 무시하는 동네 어른들과 맞짱을 뜨며 열번째 생일을 맞은 아이였다.

은주가 어렸을 때 콩나물과 두부를 사러 마트에 가면 여주인은 거스름돈을 내주며 말하곤 했다. 사람이 어쩌면 그렇게 천사 같으냐고. 마트 여주인이 가리키는 천사는 엄마였다. 그 말을 앵무새처럼 반복하는 여주인에게 그녀는 때때로 소리치고 싶었고 실제로 외친 적도 있었다.

천사는 모성애가 없어요!

모든 엄마에게 모성이 깃들지는 않는다는 것, 모성이 결여된 사람한테 그걸 요구하면 또다른 폭력이 된다는 것, 모성을 발현할 처지가 안 되는 엄마도 세상에는 얼마든지 있다는 걸 이제는 은주도 알았다. 그럼에도 그녀는 모성이 결여된 사람이 하필이면 자기 엄마라는 사실이 괴롭고 지금도 견디기 힘들었다.

청소년기로 접어든 은주의 소원은 기본양념을 갖춘 집에서 보란듯이 사는 거였다. 떡볶이가 생각날 때 떡을 한 봉지 사서 부엌으로 달려가면 당장 만들어 먹을 수 있는 집. 은주네 싱크대 선반에는 고춧가루가 있으면 소금과 젓갈이 없고, 마늘이 있나 싶으면

식용유와 양조간장이 보이지 않았다. 떡볶이를 하려고 프라이팬을 꺼내다가 어머, 하며 고추장을 사러 나가고 또 어머, 탄식하며 대파를 사러 나가곤 하다가 끝내 어묵이 빠진 떡볶이를 만들었다. 그런 집에서 청소년기를 보내면 인생이 절로 삭막해진다. 핵심을 빠뜨린 채 순간순간을 흘려보내는 것 같아서. 유일한 보호자가 어머, 라는 탄식조의 감탄사를 연발할수록 어린 피보호자는 자꾸만 자기 무장을 하게 되니까.

절대적 빈곤이 이유라면 개선될 여지가 있겠으나 은주네는 그 정도로 궁핍하지 않았다. 다른 것도 아니고 양념, 그깟 양념 몇 가지를 사지 못할 형편은 아니었다. 그러나 그깟 양념 따위가 사람을 추운 곳으로 내몰아 떨게 했다. 그깟 양념은 파티가 시작되기 직전에 입고 있던 예복에서 떨어져나간 앞 단추 같은 것이었다. 노인의 말처럼 사람을 절절매게 만드는 것은 크고 중요한 게 아니다.

그게 또 떨어졌지 뭐니!

엄마는 늘 떨어졌다고 표현했다. 떨어졌다는 것은 원래 있던 것이 없을 때, 그걸 채워넣을 용의가 있을 때 하는 말이다. 엄마는 양념을 채울 마음이 처음부터 없었다. 장바구니를 들고 배추를 사러 갔다가 그 돈으로 분홍 장미 한 다발을 사오는 사람이기 때문이었다.

어머, 배추를 까먹었지 뭐니?

까먹은 게 아니다. 엄마의 안중에 배추가 없었기 때문에 가능한 일이다. 누군가 꽃길을 걸으면 다른 누군가는 이슬에 젖은 밭둑길을 걸어야 한다. 그것이 가정의 법칙이다. 한사코 꽃길을 고집한 엄마는 내내 달콤한 장미 향을 풍겼고 일찍부터 배추가 심긴 밭둑길을 걸었던 은주의 몸에서는 엷은 거름 내가 났다. 세상의 모든 천사는 '그렇게' 탄생한다.

창문이 조금 열려 있었다. 조석으로 쌀쌀한 날씨였다. 혹여 노인이 감기에 걸릴세라 은주는 서둘러 일어나 창문을 닫았다. 유리창의 절반가량이 적송에 막힌 탓에 한 손으로는 길게 뻗은 나뭇가지를 창밖으로 밀어내며 조심스레 문을 닫아야 했다.

나무의 기세가 대단하네요.

노인의 눈길이 그녀를 따라왔다.

저 나무를 보고 있으면 내가 숨어 있던 지리산 비트가 생각납니다. 비트의 폭이 이 정도나 됐을까……

노인이 두 손을 무릎 위로 천천히 들어올렸다. 은주는 허공에서 완만하게 움직이는 손을 유심히 쳐다보았다. 손등의 핏줄이 도드라졌을 뿐 노인의 손은 거칠지 않았다.

비트를 위장하려면 나뭇가지가 많이 필요했거든요.

한국전쟁 당시 그는 빨치산 정찰대에 흘러들어가 지리산에서 활동하고 있었다. 그가 숨어 있던 비트는 운신할 수 없을 정도로 폭이 좁았고 입구가 소나무 가지로 은폐되어 있었다. 비트를 벗어나지 못한 지 수십 일째였다. 비와 안개와 추위를 무릅쓴 채 낮이면 시체처럼 누워 있다가 밤이 되면 부스스 일어나 가까이 있는 소나무 가지를 낫으로 자르는 것이 소년병의 일이었다.

조심조심, 가만가만…… 내가 비트에서 가장 많이 들은 말이었소. 산속의 적막을 깨면 모두가 위험해졌거든.

산중턱에서 몇 발의 총성이 울렸다. 비트에 누워 있던 그는 엉거주춤 일어나 소나무 가지를 헤치고 밖을 내다보았다. 보이는 건 산 너머 산, 총소리가 어느 방향에서 들리는지 짐작조차 되지 않았다. 식량을 구하러 간 대원들은 밤이 이슥하도록 돌아오지 않았다. 고립의 공포는 실로 엄청났다. 낮 동안 임시로 만든 비트에 숨어 지내고 밤에 주로 이동했다. 불을 피우지 못해 고지대 산밭에서 캔 생감자 두 개로 하루를 견디는 날이 많았다. 극도의 기아 상태에서 헛것이 보이면 발길이 저절로 산 아래 마을로 향했다. 어떤 날은 사는 게 죽는 것보다 두려웠고 또다른 날은 죽는 게 사는 것보다 두려웠다. 수시로 주검을 봐왔으면서도 죽음은 결코 객관화되질 않았다. 단지 아린 생감자가 바닥을 보이는 게 두려웠다.

대법원은 비트에서 발각된 소년병에게 징역 이십 년 형을 확정했다. 마지막으로 할말이 없느냐고 묻는 재판장에게 자신의 의사를 피력하고 싶었으나 살벌한 법정 분위기에 눌려 입을 다물 수밖에 없었다. 이튿날 조간신문에 소년병의 사진과 기사가 실렸다. 신문 애독자들은 행간을 읽을 줄 알았다. 신문의 논지와는 상반된 소년병의 앳된 얼굴과 순진무구한 눈빛은 고개를 갸웃거리게 했다. 사람들은 이십 년 형은 좀 과하지 않나, 라는 생각에 사로잡혔다. 소년병은 한때의 뉴스거리가 되었으나 생명이 파리 목숨처럼 가벼워진 전쟁통에서 어쨌든 살아남았다.

감방에 갇힌 소년병은 가위에 자주 눌렸다. 몸이 압착기에 짓눌린 끝에 툭 터져버리는 악몽을 꾸곤 했다. 죽은 자신의 몸에서 흘러나오는 물을 보았다고 노인이 음울한 목소리로 말했다.

피가 아니고요?

수분이었소. 아주 맑은 것이……

노인의 이야기에는 부조리한 전쟁의 진실 따위는 담겨 있지 않았다. 침묵의 산등성이를 날아오르는 고독한 새 한 마리에 관한 말뿐이어서 은주는 전쟁을 온전히 이해하지 못했다. 그건 노인도 마찬가지였다. 자신이 가위에 눌리는 것은 강렬한 전쟁의 공포와 맹목적인 두려움 때문이 아니라 좁은 공간 탓이라고 생각했다. 그도 그럴 것이 노인은 비트와 소년교도소, 그리고 일반 교도소에서 청춘을 보냈으니까. 당시 그가 갇힌 감방 역시 팔을 겨우 뻗을 정도로 비좁았다.

비트가 오랫동안 날 괴롭혔어요. 나는 지리산 비트에서 영원히 헤어나지 못할 줄 알았소. 감방에 갇혀 있으면서도 밤이면 또 비트에 갇히는 꿈을 꾸었으니까. 그 시절의 나는 겹겹이 갇혔고 겹겹이 포위되어 있었소.

소년병은 전쟁의 전모를 알지 못했다. 어린 하급자에게는 정보가 차단되어 있었다. 대원들 사이에 떠도는 풍문에 의지해 자신이 참가한 전쟁의 규모와 상황을 겨우 짐작할 뿐이었다. 교도소에서 형기를 마친 그는 곧바로 사회안전법으로 다시 구금되어 결국 이십칠 년 만에 출소했다. 장년이 된 그는 우연한 기회에 솔향기를 맡게 되었는데 그날 밤은 악몽에 시달리지 않았다. 그래서 침실 가까이에 적송을 심게 되었다.

비트에서 늘 맡던 솔향기가 일상을 유지할 힘을 주었으니, 나를 감방으로 인도했던 저 소나무가 지금은 날 보호하는 형국이니 세상일이라는 게 알면 알수록 참으로 우습지 뭐요.

노인이 입을 실룩이며 웃었다.

한국전쟁중에 불에 타버린 아버지의 아무르 양복점, 이 집이 남아 있어 내가 여태 견딘 거요. 시간을 벗어난 곳에 우뚝 멈춰 선 채 말이오. 도심에 위치한 이층짜리 상가주택이라 일하지 않아도 살아집디다.

노인은 제어할 수 없는 열기에 휩싸인 것 같았고 은주는 준비한 서류를 내보일 적당한 틈을 기다리며 식은 찻잔의 손잡이를 만지작거렸다. 어느 순간, 노인의 눈길을 의식한 그녀가 탁자 밑으로 손을 숨겼다. 손은 인간의 노동 강도를 적나라하게 드러낸다. 버거킹, 맥도날드, 옷가게…… 은주는 일찍부터 시작된 자신의 알바 인생이 조금도 부끄럽지 않았다. 잦은 이직이 유일한 단점이라며 동료 몇몇이 지적할 적에도 그녀는 부끄럽게 여기지 않았다. 그것은 장단점으로 논할 문제가 아니며 자신도 어찌할 수 없는 영역에서 벌어지는 일이라고 항변했다. 그랬는데 그걸 노인한테 들키고 싶지는 않았다.

마침 좋은 기회네요. 안 그래도 서은주씨를 정규직으로 전환시키려던 참인데……

오늘 아침, 현관 로비를 지나던 책임자 박이 선심 쓰듯 말했다. 안내 데스크 앞에 서 있던 은주는 팔 초가량 박을 지그시 바라보았다.

이 인간이 왜 또 이러나……

박의 직함은 일개 사무장에 불과했으나 그는 행복마을 시니어타운과 실버타운의 실질적인 운영자였다. 행복마을 대표인 누나를 둔 덕분에 낙하산으로 내려온 박을 직원 대부분은 달가워하지 않았다. '책임자 박'은 그가 없는 장소에서 그에 관해 쑥덕거릴 때 직원들이 사용하는 별칭이었다. 박은 VIP 고객이 은주를 직접 지목했다며 대전에 내려가 사인을 받아오라고 했다. 행복마을에 큰 재원을 마련해주실 분이니 부디 실수하지 말아달라는 꼬인 투의 당부와 함께 노인의 사인을 받을 때 곧 VIP룸을 신축할 계획이라는 말도 곁들이라고 했다.

갑자기 친한 척을 왜 할까 싶었는데 상황이 박에게 불리했다.

정규직이 되면 지금 받는 보수에서 사십오만원을 올려 받는다. 은주는 그 돈 때문에 정규직이 되고 싶지는 않았다. 사십오만원은 큰돈이지만 엄마에게는 그저 봄 구두 한 켤레에 불과할 것이다. 월급이 오르면 엄마는 천진한 얼굴로 산책길에 파스텔 톤의 구두를 샀다고 통고해올 것이었다. 구두를 사게 된 이유는 다양할 것이다.

하늘이 맑아서, 바람이 좋아서……

울적한 기분에 샀다고 하면 그녀도 얼추 수긍했을 것이다. 그러나 천사는 우울감을 몰랐고 삶에 대한 흥미를 결코 상실한 적이 없다. 양념 구색은 제대로 갖추지 못하면서 슬리퍼를 색깔별로 구비했다. 꼭 필요한 운동화나 등산화가 아니라 슬리퍼였다. 있어도 그만, 없어도 그만인 것들.

친구 집을 방문하면 은주는 그 집 현관을 주의깊게 살피는 버릇이 있었다. 현관에 슬리퍼가 널려 있거나 수북이 몰려 있으면 그 친구한테는 돈을 꿔주지 않았고 정확히는 더이상 관계를 발전시키지 않았다.

그러니 정규직이 되어 월급이 오른다 해도 은주에게는 무용한 돈이었다. 서류봉투를 선선히 챙기고 대전행 기차에 오른 것은 박의 정규직 제안 때문이 아니었다. 모든 비정규직은 정규직이 되기를 희망한다고 믿겠지만 적어도 은주는 아니었다. 그녀는 사람들이 비정규직의 자유로움을 모른다고 생각했고 한 직장에 오래 묶이는 것을 견디지 못했다. 그러면서도 자신이 원할 때까지는 잘리지 않고 행복마을 비정규 직원으로 오래 근무할 수 있기를 바랐다. 그것이 그녀의 계산이었다.

집 구경을 하시겠소?

돌연 노인이 몸을 일으켰다.

은주는 노인을 따라 계단을 내려갔다. 아래층 현관을 통해 밖으로 나오니 흰 와이셔츠 위에 긴 검정 앞치마를 두른 남자 직원 두엇이 레스토랑 앞길에서 휴대폰을 들여다보며 서성거리고 있었다. 야외 파라솔 밑에서 담배를 피우던 남자 직원이 내려오셨어요, 라며 노인을 반겼다.

잠시 레스토랑에 들어가도 되겠소?

노인이 물었다.

서둘러 담배를 끄고 돌아선 직원은 지금 브레이크 타임이어서 아주 한가하다며 노인을 향해 와하하 웃었다. 크고 작은 화분이 놓인 레스토랑 입구를 지나 실내로 들어서니 큰 유리벽을 통해 바깥뜰에 심긴 적송이 한눈에 들어왔다.

전쟁이 끝난 뒤 고급 한정식집과 여러 개의 카페가 이곳을 거쳐갔지요. 그건 저 적송이 가진 아우라 때문인 듯하오.

적송의 우람한 둥치를 아래에서 위로 훑듯이 쳐다보던 은주는 노인을 따라 발을 옮겼다. 흰 식탁보로 덮인 여러 개의 탁자를 지나자 복층으로 연결된 계단이 나왔다. 매장 한가운데 설치된 유리 계단이어서 허공에 떠 있는 것처럼 보였다. 앞서가던 노인이 계단의 난간을 짚더니 다른 손으로 크게 반원을 그렸다.

아무르 양복점 재단실이 이쯤일 거요. 내가 집으로 돌아왔을 때 아버지는 여기 쓰러져 계셨소.

노인은 주방으로 그녀를 안내했다. 내부가 반쯤 들여다보이는 개방형 주방에서 설거지를 하던 직원이 안으로 들어오는 노인과 은주를 보고 몸을 틀어 길을 내주었다.

이곳이 우리 찬방 자리였는데 보다시피 지금은 레스토랑의 주방으로 바뀌었지요. 저기 영업용 냉장고 보이지요?

노인은 조리대 옆에 나란히 붙은 두 대의 대형 냉장고를 가리켰다.

저곳에서 불길에 휩싸인 어머니를 보았소. 불붙은 나무 기둥이 쓰러지며 내 앞을 막았고 숨통을 조이는 연기 때문에 다가갈 수가 없었어요. 나는 비명을 지르는 어머니를 불속에 버려두고 밖으로 뛰쳐나왔소. 훗날 감방에서 그리고 이 집에서 천천히 늙어가면서 그 장면을 수백 번은 떠올렸을 거요. 분명히 시간이 있었어요. 아무리 어렸대도 어머니를 구할 시간이……

노인의 떨리는 목소리가 흐르는 물소리에 섞이자 본래 하나의 소리인 듯 느껴졌다. 직원이 조리대를 행주로 훔치는 사이 그녀는 노인과 뒤뜰로 나왔다.

내가 감방에서 악몽에 시달렸다고 말했지요. 그게 수면장애의 일종인데 혹시 수면마비라고 들어보셨소?

수면마비요?

은주가 되물었다.

수면이 시작되거나 끝날 때 팔다리에 마비가 오면서 환각이 시작되는 거요. 죽은 자신을 보는 게 어떤 기분인 줄 아시오? 그걸 매일 밤 본다면 어떻겠소? 그런데 이 적송을 심고 나서 그 악몽이 깨끗이 사라졌어요.

정말 고마운 나무네요.

부적 같은 이 나무가 없었으면 나는 깊은 잠을 자지도 못했을 테고 이렇게 오래 살지도 못했을 거요.

노인과 뒤뜰 적송 아래 서 있으려니 레스토랑의 각종 조명등이 뿜어내는 은은한 빛이 큰 유리벽을 통해 흘러나왔다. 은주는 이마를 유리벽에 대고 포크와 나이프가 단정하게 세팅된 탁자들과 유리 계단이 있는 실내를 들여다보았다. 공간 이동을 한 듯 비현실적인 느낌에 휩싸인 채 한동안 그 자세로 가만히 서 있었다.

기왕 나왔으니 저기 큰길까지만 걷지요.

노인이 그녀를 재촉했다. 노인과 뒷문으로 나와 앞서거니 뒤서거니 하며 골목을 두 블록쯤 걷자 대전역 앞 팔차선 도로가 보였다. 사거리 횡단보도 앞에서 걸음을 멈춘 노인이 말했다.

한국전쟁 당시 최신 모델이었던 소련제 T-34 전차가 이 길로 불을 뿜으며 지나갔소. 아무르 양복점을 비롯한 대전 도심은 순식간에 잿더미로 변했지요. 오랜 역사를 지닌 고색창연한 건물들이 사라졌어요. 당시 미나카이 백화점이 대전에서 제일 좋은 신식 건물이었는데 흔적조차 없더군요. 허허벌판에 온통 회색빛 재뿐이었어요. 전쟁은 그런 거였소. 미 제24사단장인 딘 소장은 북한군 2개 사단과 맞선 대전 전투에서 병력의 삼분의 일 가까이를 잃었지요. 그 전투로 인해 나는 창졸간에 고아가 되었고 피란민을 따라 영동으로 내려가게 되었소.

소음이 가득한 사거리를 멍하니 바라보던 은주가 잠긴 목소리로 물었다.

그런데…… 전에 말씀하시던 그분은 찾으셨나요?

그녀가 노인과 연이 닿은 것은 그가 육십 년 전 자신을 보듬어준 소녀를 찾으러 행복마을에 방문했기 때문이었다. 그러나 노인은 말을 돌렸다.

지난달에 영동을 갔었소. 노근리 쌍굴 옆에 무슨 기념관 같은 게 들어서 있습디다. 관광객 서넛이 핫도그를 먹으며 기념관에 진열된 전시품을 관람하고 있는데 기분이 묘했어요. 전쟁의 상흔조차 한낱 관광상품이 되어버린 현실이 믿기질 않았소. 나는…… 나는 말이오. 그 핫도그와는 도저히 화해할 수가 없습디다.

딴말을 계속하던 노인이 별안간 갑시다, 라며 큰 소리로 외쳤다. 그러고는 화난 사람처럼 오던 길로 되짚어 내려갔다. 은주는 노인의 뒤를 따라가면서 사람은 뒤통수로도 말한다는 것을 알게 되었다. 일테면 이런 말들.

나쁜 시간의 흐름 속에 내가 있었고 하필이면 그곳이 노근리 쌍굴이었을 뿐…… 노근리 사건은 그때 그곳을 지날 수밖에 없었던 내가 감당할 몫이고, 내 인생의 짐이라고 마음을 달래어봤으나……

노인의 식탁에 두 종류의 파스타가 정갈하게 차려져 있었다. 일층 레스토랑에서 갓 배달된 요리인 듯했다. 집주인이라는 핑계로 가끔 이런 호강을 한다며 노인이 어느 것을 먹겠냐고 물었다. 은주가 봉골레 파스타 앞에 앉자 노인은 슈림프 로제 파스타 쪽에 자리를 잡았다. 여기서 이른 저녁으로 파스타를 먹게 될 줄이야……

그녀의 생각을 읽은 듯 노인이 말했다.

전에는 우리가 커리를 함께 먹었지요?

포크로 스파게티 면을 돌려 감던 그녀가 소리 없이 웃었다. 노인의 '커리'라는 발음 때문이 아니라 주방보조 김여사가 생각났기 때문이다. 노인이 행복마을을 방문한 날, 그들은 구내식당에서 카레를 먹으며 대화를 나누고 있었다. 그때 배식대 입구로 고개를 빠끔히 내민 주방보조 김여사가 이야기를 들어보니 빨갱이셨고만요, 라며 노인에게 농담을 했었다.

집밥도 좋지만 이런 게 한 번씩 당길 때가 있소. 그런 날은 식은 감자로 점심을 대신하기도 하고요.

노인이 말하는 '식은 감자'가 무얼 의미하는지 은주는 알고 있었다. 노인이 출연한 방송을 회사에서 보았다고 그녀가 먼저 고백했다. 그것은 이미 이쪽에서 노인의 신상을, 노인이 말하지 않은 부분까지 파악하고 있다는 얘기였다.

그랬소?

별안간 노인의 눈빛이 깊어졌다.

인영을 찾는 데 보탬이 될까 하여 방송에도 나갔는데…… 와이파이 속도가 빛처럼 빠른 나라에서…… 여직 인영의 소식이…… 와인 한잔 하시겠소?

노인은 새우를 찍은 포크를 파스타 접시의 테두리에 걸쳐놓은 뒤 은주의 잔에 와인을 따라주었다.

인영을 생각하면 그런 게 떠오릅니다. 막 문을 연 빵집에서 맡게 되는 첫 훈김이랄까, 봄날 황톳길에 피어오르는 아지랑이랄까……

입술을 휴지로 꼼꼼히 훔친 노인이 다시 말을 이었다.

혹시 우리를 둘러싼 우주가 여러 개의 우주 가운데 하나라는 말을 들어본 적이 있습니까? 영화에서나 봤던 평행우주가 실제로 존재할 수도 있다는 주장을 어떤 책에서 읽은 적이 있습니다. 물론 일부 학자들이 내세운 가설 중 하나겠지만요. 모든 사람은 저마다

의 다른 우주에 분신을 하나씩 가지고 있다는 그 주장에 어쩐지 나는 기대고 싶어져요.

주름이 가득한 목을 기린처럼 쑥 뺀 노인이 은주를 뚫어지게 바라보았다.

시간은 공간과 마찬가지로 양자 중력장으로부터 발생하기 때문에 고유의 시간성은 우주에 존재하지 않는다고 스티븐 호킹이 말했어요. 우주의 생애를 가리키는 거대한 우주 시계 같은 건 어디에도 없다는 거지요. 그렇다면 시간성이 존재하지 않는 또다른 우주의 어떤 공간에 나이를 먹지 않는 인영이 살고 있다는 생각이 들어요. 지금도 째깍째깍 흐르는 것처럼 우리가 느끼는 시간, 인간이 처한 삶의 조건에 따라 흐르는 속도가 달라지는 이 시간이 애초에 없는 것이라면 말이오.

오래된 상처는 음식을 먹으며 회고할 수도 있다. 노근리 쌍굴에서 살아남은 열네 살짜리 고아 소년이 서인영 모녀를 따라 들어간 영동군 화전민 마을이랄지, 전쟁통의 춘궁기에 허기를 면하려고 나이를 속여가며 지리산에 입산하던 일이랄지, 그게 뭔지도 모르면서 행한 수많은 일들에 대하여. 슈림프 로제 파스타를 오물오물 씹으면서 말이다.

인영이 아니라면 누가, 한국전쟁의 와중에 적군이 북한군에서 국군으로 바뀌어버린 내 삶을 증명해주겠소? 대전에선 적이 북한군이었는데 피란길에 내 뜻과는 상관없이 들어가게 된 노근리 쌍굴에선 아군이 적으로 바뀌었으니…… 대체…… 이 사태를 누가 납득할 수 있겠소?

노인은 포크와 나이프를 은주보다 능숙하게 사용했다. 노인의 얼굴은 주름지고 검버섯이 피었으나 접시에 남은 양송이버섯과 올리브 한 알까지 알뜰하게 긁어먹는 것을 보면 치아와 위장의 상태는 아직 멀쩡했다. 노인의 행복마을 입주 시기는 박의 생각보다 한참 뒤일 것이다. 큰 재원이 입금되는 날짜 역시 늦어질 거라고 그녀는 미루어 짐작했다.

골목 입구에서 노인과 작별한 은주는 수키와가 겹겹이 포개진 나지막한 벽돌담을 따라 걸었다. 벽돌담이 끝나는 지점에서 그녀는 길바닥에 떨어진 낙엽 세 개를 주웠다. 낙엽의 중심에 긴 맥이 있고 그 맥을 따라 그물 모양의 작은 맥이 촘촘히 퍼져 있다. 잎맥은 사계를 충실히 살아낸 낙엽의 지문 같기도 하고 살을 발라 먹은 생선 가시 같기도 하다. 그 가운데 하나는 그물 모양의 줄이 중간에 끊겨 있다. 벌레 먹은 것이다.

흐르지 않는 시간에 갇혀 있다면 서은주씨는 어떤 기분일 것 같습니까?

불현듯 노인의 마지막 말이 떠올랐다.

노인이 직접 은주를 지목한 것은 그녀의 눈에서 상실을 읽었기 때문인지도 모른다. 그녀가 노인을 단번에 읽어버린 것처럼. 삶의 연결성이 없는 사람들, 잎맥 같은 가느다란 길마저 중간 지점에서 뚝뚝 끊기는 사람들의 눈 속에는 숨은 공간이 하나씩 있게 마련이다. 빛이 잠시 머물다 사라진, 이삿짐을 하루 먼저 빼버린 방 같은 그런 공간이. 오직 무언가를 상실한 사람만이 그걸 알아볼 수 있다. 그래서 뜬금없이 가스 차단기 같은 걸 선물이라며 건네기도 하는 것이다.

은주는 회사에서 준비한 서류에 노인의 사인을 받지 않았다. 헛물을 켰다며 책임자 박이 그녀를 공격할지도 모르는데 이상하게 초조하지 않았다. 노인을 만날 기회가 네 번이나 남았다는 든든한 마음 때문에 편안해진 게 아니었다. 은주는 자신의 내부에 변화라고 부를 만한 노글노글한 기운이 넓게 포진해 있음을 깨달았다. 그리고 푸르스름한 저녁의 기운에 에워싸인 것도. 그녀는 골목 끝머리쯤에서 자신이 걸어온 좁고 구불구불한 길을 돌아보았다. 검푸른 어둠이 몰려오는 이런 길을 언젠가 꼭 한 번 걸은 적 있었다는 생각이 얼핏 들었다.

우리가
진심으로 엮일 때

남자가 행복마을 시니어타운에 나타난 것은 지난달 오전 아홉 시 무렵이었다. 그날은 코끝이 쨍할 정도로 공기가 차갑고 아침 햇빛이 눈부셨다. 그녀는 뚝 떨어진 기온 때문에 안내 데스크 서랍에 넣어뒀던 톡톡한 울 소재의 카디건을 막 꺼내 입던 참이었다. 그때 늙수그레한 남자가 행복마을 어귀에서 서성거리는 게 보였다.

그녀는 드물게 생기 띤 얼굴로 로비에 앉아서 시니어타운으로 올라오는 남자를 지켜봤었다. 남자가 걷던 인도 변에 핀 구절초의 꽃잎 위로 눈부시게 내려쬐던 아침햇빛도, 뿌연 안개가 갑작스런 햇빛에 밀려 꾸물꾸물 사라지던 광경도 모두 환하게 기억했다. 한 달이 지난 지금까지 그날을 세세히 기억하는 것은 지루한 그녀의 인생에서 특별히 기억될 만한 몇몇 날들 중 하루였기 때문이다.

행복마을로 직장을 옮긴 그녀는 내내 좌절감에 빠져 있었다. 어딜 가나 맡게 되는 노인들의 체취, 오래된 피부의 불포화지방산이 산화하며 풍기는 고린내와 곰팡내가 지겨웠다. 그것은 샤워하거나 향수를 뿌린다고 제거되는 성질의 냄새가 아니었다. 그녀는 끈질기게 따라붙는 쉬척지근하고 불쾌한 냄새에 둘러싸여서, 자신 또한 곰팡이처럼 음습하고 군내 나는 인생을 사는 것이 아닌가, 절망하기 일쑤였다. 하여, 그녀는 마지못해 안내 데스크에 앉은 사람처럼 내내 얼굴을 찡그렸고 주변 사람들을 단체로 우울하게 만들었다.

행복마을 대표의 하나뿐인 남동생이자 실질적 책임자인 박은 그녀를 추천한 지인을 은연중에 원망하고 있었다. 당장 자르고 싶어도 후임자 물색에 시간이 걸렸고 비록 그녀가 얼굴을 찡그리고는 있지만 안내 데스크 자리에는 아깝다 싶은 외모에 더러 혁신적인 의견을 제시하기도 하는 터라 박은 꾹 참고 그 꼴을 조금 더 봐줄 생각이었다. 그녀가 기획 회의에서 제안한 대로 입주 상담방을 안내 데스크와 통합했더니 상담사의 인건비를 줄일 수 있었고 비어 있던 상담방을 노래방으로 만들어서 입주자들의 만족도가 높아진 것만은 분명했기 때문이다.

그후 책임자 박은 오면가면 로비에 앉아 있는 그녀를 관찰하는 버릇이 생겼다. 시원하게 뻗은 다리와 컴퓨터 자판을 두드리는 길고 흰 손가락, 오뚝 솟은 콧날을 보노라면 행복마을이 전반적으로 업그레이드된 느낌이었고 찡그린 얼굴 때문에 망친 기분도 얼마간 보상을 받는 듯했다. 그때마다 박은 그녀를 자르는 게 득인지 실인지 속으로 가만히 계산을 맞춰봤다. 그래서 이 개월에서 육 개월로, 일 년이 지난 지금까지 자신의 근무 일수가 근근이 연장되었다는 사실을 그녀는 전혀 모르고 있었다.

그날은 웬일로 새벽에 눈을 떴다. 그리고 직장을 옮긴 게 그다지 나쁜 선택은 아니었다는 야릇한 안도감에 휩싸였다. 이직한 뒤 처음 맛본 기분이었다. 그녀는 모처럼 찾아온 안도감이 사라질까 봐 잠자리에서 한참 미적댔고 바삭바삭 구운 빵에 베이컨 한 조각을 곁들여 먹고 출근했다. 흡족한 기분은 출근 후까지 지속되었기에 시니어타운으로 올라오는 남자를 생기 띤 얼굴로 지켜볼 수가 있었던 것이다.

행복마을 로비로 들어서는 남자의 입성이 초라했다. 옷장에서 손에 닿는 대로 아무거나 꺼내 입은 듯 보였는데 그녀는 남자의 옷이 남루하다는 생각은 미처 하지 못했다. 시니어타운 입주자 대부분의 옷차림이 남자와 비슷했기 때문이다. 입주 초반에는 신경을 쓰던 사람도 시간이 지남에 따라 편의 위주로 옷 입는 방식을 바꾸게 마련이었다.

그녀는 남자에게 자리를 권한 뒤 옆에 놓인 수화기를 들었다.

늙수그레한 남자가 아침부터 단신으로 행복마을을 찾아왔다면 목적은 하나뿐이다. 어떻게 하면 자녀에게 폐를 끼치지 않고 여생을 보낼 수 있을지 밤새 궁리한 끝에 찾아왔을 것이다.

그녀가 전화로 식당에 차를 주문했을 때 주방보조 김여사는 귀를 의심했다. 그녀는 방문객에게 마시고 싶은 차 종류를 묻는 유형이 아니다. 늘 독단적으로 판단하여 자판기 커피를 손님에게 대접하기 일쑤였다. 입주 신청을 하러 온 사람이건 시설을 둘러보러 온 사람이건 번번이 그랬다. 김여사가 수차례 고자질한 끝에 책임자 박이 따끔하게 주의를 줬는데도 그녀의 접대 방식은 조금도 달라지지 않았다. 그런 그녀가 잣을 띄운 한방차도 좋고요, 향기가 그윽하면 더욱 좋겠죠, 라고 조곤조곤 부탁했을 때 김여사는 크나큰 충격을 받았다.

안내 데스크 밉상이 어쩐 일이랴. 아침부터 못 먹을 걸 먹었나? 필시 엄청난 인사가 방문한 모양이라고 중얼거리며 서둘러 우려낸 페퍼민트 차를 유리잔에 따라 내갔더니 웬걸, 그녀가 다 늙어빠진 노인과 마주앉아 있었다. 왠지 모르게 배신감을 느낀 김여사는 시퉁한 표정으로 찻잔을 탁자에 소리 나게 내려놓고 돌아섰다.

남자는 사람을 찾으러 왔다고 말했다. 차림새로 봐선 한가하게 과거 여행을 하러 다닐 품은 아닌데 싶어서 그녀는 누굴 찾느냐고 지나가는 말처럼 물었다. 남자는 해도 그만 안 해도 그만인 일을 생각난 김에 하는 것처럼 열의 없이 말했다. 이름은 서인영인데 자기 나이쯤 될 거라고, 그 사람이 행복마을에 들어왔다는 소식을 풍편에 들었다고 했다.

그녀는 가까스로 웃음을 참았다. 풍편 같은 말은 한물간 양아치가 바람을 잡을 때 쓰는 단어라고 생각해왔던 것이다. 그녀는 그런 단어까지 끌어다 쓰는 남자의 심기가 어떨지 알 것도 같았다. 남자가 어릴 때 바람이 나서 집을 나간 엄마랄지 전혀 도움이 안 되는 짐짝 같은 사람을 찾는가보다고 어림짐작했다. 그래서 자기 연배의 여자를 찾는다고 했을 때 그녀는 조금 놀랐다. 특징을 알면 찾기 쉬울 거라며 어떻게 생긴 분이냐고 묻자 남자는 설명하기가 힘들다고 했다. 그도 그럴 것이 여자를 마지막으로 만난 게 육십 년 전이라고 했다.

육십 년 전의 여자를요?

그녀가 어리벙벙한 표정으로 묻자 어쩌다보니 그렇게 되었다며 남자가 변명하듯 중얼거렸다. 그녀는 시니어타운 입주자 이름을 일일이 외우지 못했다. 그녀가 아는 몇몇 사람들, 로비와 가까운 방에 사는 입주자의 이름도 아니었다. 하는 수 없이 컴퓨터를 켜고 행복마을 입주자 명단을 클릭했다. 아이디와 비밀번호를 입력하라는 안내 창이 떴다. 그녀는 행복마을 입주자 명단을 볼 권한이 없었던 것이다. 그날따라 책임자 박은 휴대폰을 받지 않았다. 구내전화로 박이 있을 만한 장소에 연락해봤지만 어디에도 없었다. 그제야 남자는 아쉬운 표정으로 자신의 전화번호를 적은 쪽지를 남기고 일어섰다.

접때 그 영감 말이여.

며칠 후 주방보조 김여사가 남자의 방문 목적을 물을 때만 해도 그녀는 남자를 다시 보게 될 줄 몰랐다. 김여사는 로비 앞 정원에 쪼그리고 앉아 호미로 풀을 솎고 있었다. 김여사와 말을 섞어 좋을 게 없다는 걸 알기에 누굴 찾는다 하더라고요, 라고만 대답하곤 두어 발짝 물러섰다. 김여사는 말꼬리를 잡은 채 그녀가 로비로 들어갈 틈을 주지 않았다.

저승 문턱에 들어선 사람이 앞가림이나 살뜰히 하고 살 일이지, 이제 와서 누굴 찾겠다고 그랴, 사람 심란하게.

호미로 풀을 캐는지 땅을 파는지 모를 정도로 퍽퍽퍽, 흙먼지를 피우던 김여사가 퉁명스레 말했다.

우리는 뭐든 인공적인 게 좋아. 꽃과 나무도 사람 손을 탄 게 좋다고. 자연은 젊을 때나 잠시잠깐 좋은 것이지. 기운 떨어져봐. 울창한 숲을 보면 너무 시퍼레서 머릿속이 다 지끈거린다니깐.

김여사는 장점 못지않게 단점도 많은 사람이다. 실버타운 주방보조로 행복마을에 들어왔는데 산더미처럼 쌓인 국거리 무를 다듬다가도 기회만 생기면 입주자 방에 들어가 사사건건 간섭했다. 모처럼 아들의 방문에 얼굴이 활짝 핀 노인네를 보면 자식들이 성의가 없어서 빈손으로 온다느니 온갖 험한 말로 참견하기 일쑤였다. 만약 노인의 아들이 뚱한 얼굴로 우리 아버님은 당뇨 환자인데요, 한마디를 하면 그 즉시 김여사의 잔소리를 십 분가량 들어야 한다.

아따, 이거 왜 이랴. 의사 말 믿고 여기서 주는 음식만 먹었다간 기운이 없어 진짜로 죽는다고.

이런 식으로 할 말 못할 말 죄 늘어놓다가 책임자 박에게 들켜 시니어타운으로 쫓겨 온 것이 이태 전이다. 시니어타운은 실버타운보다 덜 늙은, 조금 쌩쌩한 노인들이 모인 곳이어서 김여사는 자신의 손맛을 온전히 뽐낼 수 있었다. 나이 어린 조리사가 만드는 저염식 식단에 물려버린 시니어타운 입주자들은 주방보조 김여사를 열렬히 환영했다. 성격이 무른 편에 속하는 조리사는 음식의 간을 세게 하는 김여사를 적당한 선에서 눈감아주었다. 시니어타운에 환자식을 먹는 입주자가 없기도 하거니와 김여사의 주장이 워낙 강한 터라 혼자 제어하기에는 역부족이라는 걸 조리사가 일찍 깨우친 탓이다.

그렇다고 김여사가 아주 경우 없는 사람은 아니다. 자기 일을 야무지게 한 후에 남 일에도 감 놔라 대추 놔라 간섭하기 때문에 조리사가 나서서 뭐라고 나무랄 입장도 아니었다. 김여사의 오지랖이 과한 감은 있지만 일에 관한 열의는 대단했다. 자격증도 없는 주방보조 신분으로 조리사 업무를 거뜬히 해냈고 최근에는 자신의 활동 영역을 정원으로 슬금슬금 확대하기 시작했다. 정원사 최씨가 실버타운 케어홀의 간병인과 붙어서 시시덕거리는 통에 정원의 나무들이 산발한 듯 가지를 늘어뜨리고 있었다.

낯바닥이 쇠가죽처럼 뻔뻔한 인사여. 귓구멍을 시멘트로 때웠는지 좋은 말로 구슬려도 안 들어 처먹어.

김여사가 솎아낸 풀을 집어던지며 그녀에게 하소연을 했다. 책임자 박은 정원사 최씨가 불성실하다는 걸 진작 알고 있으면서도 집안 아저씨뻘이라 쉽게 자르지 못한다고 했다. 그걸 믿고 정원사 최씨가 한량처럼 노닥거리는 거라며 흉을 보던 김여사가 뜬금없이 화제를 돌렸다.

그래, 사람은 찾았냐?

누구요……

누구긴 누구여. 접때 왔던 그 영감.

그녀는 남자가 남긴 쪽지를 서랍 안에 넣어두곤 그 일을 까맣게 잊고 있었다. 자신의 건망증을 탓하며 남자가 찾던 사람이 누구냐고 묻는 김여사에게 건성으로 대답했다.

서영인, 아니 서인영이라는 분을 찾는다고 했던 것 같아요.

서인영이? 어디서 많이 듣던 이름인데. 혹시 할매랴?

호미 쥔 손을 재게 놀리던 김여사가 그녀를 빤히 올려다봤다.

그분과 비슷한 나이라니까 할머니겠죠.

성가시고 피곤하여 돌아서려는데 나지막한 김여사의 목소리가 들려왔다.

그럼 그 할매 아녀. 이, 맞네 맞어. 실버타운 케어홀에 가면 벽을 순식간에 똥으로 발라버리는 할매가 있어. 그 할매 이름이 서인영이여.

김여사가 웃음 띤 얼굴로 고소하다는 듯 말했다.

운도 없지. 그 영감은 어쩌자고 치매 환자를 찾고 그랴.

근원을 알 수 없는 열정에 휩싸인 그녀는 빠르게 움직였다. 책임자 박의 도움으로 실버타운 입주자 명단을 확인했고 케어홀의 닥터에게 전화해 서인영씨 상태를 체크하는 일도 잊지 않았다. 김여사의 말대로 서인영씨는 자못 심각한 지경이었다.

그것 봐. 내가 이래 봬도 아직은 총기가 있어.

뒤를 졸졸 따라다니며 우쭐거리는 김여사가 참을 수 없이 얄미워져서 집에 가져가 먹으라며 가방에 넣어준 파김치와 코다리찜을 그녀는 기어이 식당에 도로 두고 왔다. 밤마다 그녀는 자신이 낮에 한 말과 행동을 되감기하듯 떠올려 꼼꼼하게 검토하는 버릇이 있는데 그것은 소심한 성격 탓이기보다는 일종의 결벽증이었다. 방문자에게 말할 때의 표정이 어땠는지, 손동작이 크지는 않았는지, 마지막 말을 얼버무릴 때 동료의 미간이 좁아진 것은 어떤 의미인지 무심결에 행한 작은 동작마저 하나하나 분석했다. 물론 그런다고 그녀가 사근사근하거나 부드러운 성격으로 변모하진 않았다. 그녀는 상대의 사소한 반응까지 일일이 떠올리며 거기에 숨은 의미를 캐내려 부단히 애쓰는 자신을 발견할 때마다 좌표를 알 수 없는 어느 지점에 홀로 던져진 것 같고 모로 누운 어깨 위로 희미한 그늘이 쓸쓸히 드리워지는 것처럼 느껴져 매일 밤 오래 뒤척였다.

다음날 퀭한 얼굴로 출근한 그녀는 남자가 두고 간 쪽지를 찾아 전화를 걸었다. 서인영씨가 실버타운에 있다고 전하자 남자는 한동안 말이 없었다. 수화기 너머로 전해져오는 짧은 침묵이 부담스러워진 그녀는 하마터면 서인영씨가 치매 환자라는 사실을 발설할 뻔했다.

남자는 여전히 열의 없는 말투로 그러냐고, 내일이나 되어야 행복마을로 올라갈 수 있을 거라고 말했다. 전화를 끊자마자 남자가 달려올 거라고 예상했던 그녀는 매우 불쾌한 기분이 되었다. 자기가 서인영씨의 상태를 귀띔한 적이 있는지, 남자와 한 통화 내용을 처음부터 머릿속에 차근히 떠올려보았다. 그러느라 그녀는 평소보다 얼굴을 더욱 찡그린 채 안내 데스크에 앉아 있었다.

때마침 로비를 지나던 책임자 박이 얼굴을 찡그린 그녀를 보곤 돌이킬 수 없을 정도로 기분이 상한 모양이었다. 하지만 그녀는 박이 저 인간을 두 달 뒤엔 기필코 자르겠다며 공공연히 떠드는 소리를 휴게실 앞에서 듣고도, 오늘 망 내일 망 하던 실버타운 301호가 간밤에 세상 떴다는 소식을 주방보조 김여사에게 전해듣고도 미동조차 하지 않았다.

독해도 여간 독한 게 아녀.

김여사가 그녀에게 눈을 한번 흘기고는 301호에서 곡소리가 나지 않는다며 망자의 자식을 욕하기 시작했다. 그녀는 죽을 사람이 죽어서 그런가보다, 잠시 생각에 잠겼을 따름이다. 행복마을에서 사람이 죽어 나가는 건 흔한 일이었다.

나무는 봄이 되면 새잎이 돋는데 사람은 한번 가면 완전 끝이지. 그래도 그게 축복이여. 천년만년 살아보라지. 누가 지금처럼 살까. 처음 사는 거니까 그게 뭔지도 모르고 혀 빠지게 사는 거지. 두 번 사는 인생이면 맨 놀고먹는 인간들 천지일 거여.

김여사의 끊이지 않는 푸념에도 개의치 않고 그녀는 깊은 상념에 잠겼다. 그리고 친절과 거리가 먼 편인 자신이 남자에게 곁을 내준 것은 육십 년 전에 만난 여자를 찾는다는 말 한마디 때문이라는 걸 깨달았다. 삼십대 초반 여자들이 흔히 그러듯 몹쓸 감상에 빠진 탓이라고 여긴 그녀는 남자를 다시 보지 않을 작정이었다. 그래서 책임자 박에게 이 일을 은근슬쩍 떠넘겼다. 이리로 전화를 하시면 서인영씨의 방으로 안내해줄 것입니다, 라는 메시지와 함께 박의 전화번호를 남자의 휴대폰에 남겼다.

남자가 로비로 들어섰을 때 그녀는 깜짝 놀랐다. 전날 남자가 시큰둥하게 전화를 받는 바람에 마음이 상해서 실버타운 쪽에는 아예 걸음을 안 하고 있던 터였다. 거기서 남자를 만날까봐 신경이 쓰였다. 책임자 박에게 남은 처리를 맡겼으니 남자가 시니어타운에 올 일은 없을 거라고 짐작했다.

좀 쉬었다 가도 되겠소. 이 다리로 버스 정류장까지 가기에는…… 워낙 시원찮던 무릎이어서요.

행복마을이 외딴 언덕에 있어서 버스 정류장까지 가려면 한참을 걸어야 했다. 연로한데다 무릎이 성치 않다면 쉬었다 가야 할 거리였다. 피로한 기색이 역력한 남자는 서인영씨를 만나고 오는 길이라고 말했다.

서인영씨의 상태는 어떤가요?

만약, 만약에 말이오, 모든 기억을 깡그리 잃을 기회가 주어진다면 아가씨는 어떤 선택을 하시겠소.

남자는 그렇게만 말하고 서인영씨의 상태에 관해서는 시침을 뗐다. 다만 책임자 박이 자신에게 너무나 친절했다는 둥 실버타운 케어홀의 최신 설비를 보고 놀랐다는 둥 엉뚱한 얘기만 과장되게 늘어놓았다. 그녀는 그 말만으로도 남자의 참담한 심정을 충분히 헤아릴 수 있었다.

카레를 끓이나보오.

행복마을 로비에 카레 향이 뭉근하게 퍼지고 있었다. 식당에서 저녁 메뉴로 카레라이스를 준비하나보았다.

나는 지금도 첫 카레의 향을 기억한다오. 첫 짜장과 첫 라면과 첫 요구르트의 맛도 기억을 하지요. 오래 산다는 것은 그런 거라오.

늙은 남자에게 첫 카레의 날카롭고 싸한 향이 얼마나 충격적이었을지 알 것도 같았다. 자기도 그랬으니까. 그녀는 카레 향에 버금갈 은은한 똥내에 몸서리쳤을 남자가 측은하게 느껴지자 서인영씨를 만난 속내가 더없이 궁금해졌다.

알아보시던가요?

누굴…… 아…… 케어홀의 그분이요? 이름과 나이는 같지만 내가 찾던 서인영이 아니었소.

남자의 말에 그녀가 주먹을 불끈 움켜쥐었다.

어떻게…… 어떻게……!

오래된 연인이 재회하기를 간절히 바랐던 그녀는 얼굴을 붉힌 채 말을 더듬었다.

선생님이 육십 년 전에 만난 사람이라고 하지 않았던가요? 육십 년이라는 시간은 춘향이가 향단이가 되고 월매도 되는 시간이거든요. 그러니까 제 말은…… 제 말의 뜻은, 케어홀의 그분이 선생님이 찾으시는 서인영씨가 아니라고 단번에 장담을 할 수 있느냐, 그 말이지요. 기억이 사라진 치매 환자인데다 외모가 많이 변해서 알아보지 못했을 수도 있죠. 섣부르게 판단하지 마시고 서인영 환자의 보호자를 만나보는 게 어떠세요? 케어홀의 그 환자가 선생님이 찾는 서인영씨가 아닌지 긴지는 그때 판단해도 늦지 않을 거예요, 네?

자기 목소리가 듣기 거북할 정도로 심하게 떨리고 있다는 걸 그녀는 뒤늦게 알아차렸다.

숨을 고른 그녀가 어느 정도 안정을 되찾자 남자는 심장 속에 쟁여둔 얘기를 털어놓았다. 은밀한 이야기는 자기와 무관한 사람에게 별 얘기 아니라는 듯 말하는 것이 옳다고 여겼기 때문에 남자는 무덤덤한 표정으로 말을 이어갔다.

한순간이 영원처럼 느껴질 때가 있다오. 그런 시절에 만난 사람은 아무리 변해도 한눈에 알아볼 수가 있지요.

갈 수 없는 먼 곳을 더듬는 듯 남자의 눈이 조금씩 풀리기 시작했다.

내가 서인영을 만난 건 한국전쟁 때라오. 그러니까 1950년도였지요. 낡은 상자 속에 담긴 엽서처럼 오래 잊고 있었던 이야기이지요. 시간도 없고 공간도 없는 곳, 그곳에서 그 사람을 만났지 뭐요.

남자의 말에 그녀는 아, 하는 짧은 신음을 흘렸다. 뭐야, 일사후퇴 때 헤어진 누이를 찾는 거 아냐? 애절한 연애담을 기다렸던 그녀는 다소 맥이 빠졌지만 감정을 숨긴 채 남자의 말을 주의깊게 들었다.

이렇듯 남자가 속깊은 얘기를 꺼낸 것은 이 앳된 안내 직원이 지극한 열성으로 자신을 대하는 게 기특해서이기도 했고, 케어홀에서 동명이인인 서인영 환자를 보곤 실망한 탓도 있겠고, 전날 서인영을 만난다는 기대로 부푼 마음이 미처 가라앉지 않은 탓도 있었을 것이다. 다저녁때라 인적이 끊긴 로비를 식당 쪽에서 들려오는 딸그락거리는 소리가 채웠으나 남자의 이야기를 방해할 만한 소음은 아니었다.

참매미가 울던 평화로운 초여름이었소. 아버지는 시커먼 옛날 재단 가위를 넓게 벌리고는 가윗날로 뒤꿈치의 굳은살을 쓰각쓰각 밀면서 말씀하셨소. 얘야, 전쟁이 났단다. 나는 아버지의 발밑에 하얗게 떨어지는 각질을 보며 전쟁이 무서운 게 아니라 날카로운 가윗날에 아버지의 뒤꿈치가 베이지나 않을까 그게 걱정이 됐소. 그후로도 한국전쟁, 하면 굳은살이 박인 아버지의 뒤꿈치와 시커멓고 커다란 옛날 재단 가위가 떠오른다오.

우리집은 대전역 앞에서 아무르 양복점을 하고 있었소. 대전 미나카이 백화점 옆에 있던 아무르 양복점이라고 하면 내 위 세대들은 다들 기억한다오. 아버지가 나한테 말했소. 기차에 태워줄 테니 어머니와 함께 부산으로 피란을 가라고. 당신은 남성 패션의 첨단 역할을 하던 그 양복점을 버리고는 도저히 떠날 수가 없었던 거요. 아버지와 떨어지는 게 걱정이 된 어머니는 사태의 추이를 지켜보자고 말했고, 며칠 뒤 대전은 임시 수도가 되었소. 우리 가족은 그제야 안심했소. 이승만이 누구요? 우리는 이승만 정부가 임시 수도인 대전은 굳게 지켜줄 거라고 믿었소. 미군이 제공권을 가지고 있었고 제2차세계대전 때 독일을 박살 낸 스미스 부대가 오산에 투입된다는 말이 나돌자 미리 싸둔 피란 짐을 다시 푼 시민들도 적지 않았지. 정말이지 북한군이 대전까지 밀고 내려올 줄은 꿈에도 몰랐소. 정부를 믿었던 시민들만 앉아서 고스란히 당하고 만 거요.

남자의 목이 마를 것 같아 그녀가 자리에서 일어났다. 서운한 감정이 완전히 사라진 것은 아니어서 이번에는 자판기에서 그냥 커피를 뽑았다. 그때 로비의 통유리로 오후의 햇빛이 쨍하게 비쳐 들었다. 로비의 어떤 부분은 밝고 어떤 부분은 어두운데, 하필이면 남자는 햇빛이 비치는 쪽에 앉아 있었다. 그녀는 손차양을 한 채 커피가 담긴 종이컵을 건네며 남자의 얼굴을 올려다보았다. 남자의 눈에 눈물 '같은 것'이 반짝이고 있었다. 반짝이는 것의 정체를 확인하려고 눈을 크게 떴지만 그것이 눈물인지 빛의 잔상인지는 알 수가 없었다. 남자가 이내 고개를 돌렸기 때문이다. 커피를 마신 후 남자의 눈을 다시 쳐다봤지만 그후 눈물 '같은 것'은 보이지 않았다.

한국전쟁 중 대전 전투가 가장 참혹했소. 느닷없이 들이닥친 소련제 T-34 전차 때문에 대전 시가지는 순식간에 잿더미가 되었소. 한때 찬란하게 빛났던 아무르 양복점도 불에 타버렸지. 무너져내리는 건물 속에서 시뻘건 불길이 솟구쳤고, 아버지는 가게에서 어머니는 찬방이던 부엌 옆 마루방에서 시신으로 발견되었소.

졸지에 고아가 된 나는 지나던 달구지를 얻어 타고 대전을 빠져

나왔소. 시민들은 죽거나 도망치거나 숨었고 본정통 거리엔 비루먹은 강아지 한 마리도 보이질 않았소. 파괴된 대전을 우리가 마지막으로 빠져나온 거요.

시가지를 벗어나자 무너진 벽 사이로 보이는 삐죽 솟은 굴뚝과 스멀스멀 피어오르던 저녁연기가 얼마나 반갑던지요. 거기서 하룻밤을 묵은 후 남쪽으로 내려갔소. 머리에 수건을 두른 채 길옆에 조그맣게 불을 피워 음식을 만드는 피란민을 만나 요기도 하면서. 그러다 마침내 영동군 황간면 노근리에 당도한 거요.

남자의 목소리는 쇳소리가 약간 섞인 저음이었는데 상대의 이목을 끌어당기는 힘이 있었다. 그래도 그녀는 때때로 남자 몰래 벽시계를 흘끔거리거나 식당 쪽 복도를 곁눈질하며 하품을 겨우 참았다. 그녀가 자판기 커피를 두 잔이나 마시며 지루한 순간을 견딘 것은 남자가 서인영을 만나는 대목을 듣기 위해서였다. 시간이 흘러도 변질되지 않는 순수한 사랑을 확인하고 싶었고, 왠지 이 남자가 그걸 확인시켜줄 것만 같았던 것이다.

노근리 철로 위로 피란민의 행렬이 이어졌소. 쇠약한 할머니들은 소지품이 담긴 보퉁이를 묶어서 머리에 이거나 등에 걸머졌고 큰 자루를 지게에 진 남자들도 있었소. 그때 미군의 공중폭격이 한차례 있었소. 철로에 풀어헤쳐진 옷가지들, 군데군데 불에 검게 그을린 시체들. 우리는 길을 내기 위해 달구지에서 여러 번 내려야만 했소.

신경질적인 생존 의지와 둔중한 무감각 사이에서 오락가락하는 남루한 피란민들의 눈에는 공중폭격이 가져다준 경악감과 공포가 고스란히 남아 있었소. 공중에서 또 한차례 기총소사가 시작되자 나는 달구지에서 내려 달렸소. 우리는 가시나무에 찔리면서도 달렸고 나무줄기에 발이 걸려 넘어진 후에도 달렸고 총을 맞은 뒤에도 달릴 수 있으면 달렸소.

그렇게 달아난 피란민들은 노근리 쌍굴로 들어갔소. 우리는 좁은 굴속에 나흘 동안 갇혀 있었다오. 미군은 대략 십이만 발의 총알을 그 주변에 퍼부었소. 영문도 모른 채 북한군 첩자로 몰린 피란민들은 밤마다 굴속에서 붉은 피를 쏟으며 죽어갔고 쥐떼와 통통한 구더기, 파리떼가 시체 주변을 덮고 있었소. 그중에서도 가장 참을 수 없었던 것은 허기였소.

누군가 식은 감자 한 알을 손에 쥐고 날 불렀소. 그애가 서인영이오. 감자 한 알을 받으려고 그애에게 다가가는데 점성을 띤 피가 내 검정 운동화 바닥에 끈적끈적하게 들러붙어 있었소. 굴속 바닥은 응고된 피와 새로 흐른 핏물로 뒤범벅이 되어 사흘 만에 시뻘겋게 변해버렸던 거요.

난 굴속에 갇혀서 밤낮으로 굴 밖의 풍경만 바라봤소. 노근리 쌍굴 앞에는 목화실이라는 동네가 있었소. 그 폐허의 들판에 보이는 것은 오로지 끝도 없이 펼쳐진 목화밭. 그 좁은 두 개의 굴속에서 삼백여 명의 피란민이 다치거나 죽었소. 그런데 썩어가는 시체에서 생긴 구더기와 파리 떼, 굴속에 깔린 부패와 부식의 악취, 혐오스러울 만큼 절박했던 생존에 대한 갈망에 굴복하고 만 이들의 이야기는 이제 거의 전해지지 않는다오.

그때 나는 겨우 열네 살이었소. 그런데도 살아서 굴 밖으로 기어나왔을 때 나 자신이 확연히 달라진 걸 느낄 수 있었소. 굴속으로 들어갈 때의 나는 사라지고 없었소. 만 나흘 만에 사람이 변했단 말이오. 미군이 남쪽으로 퇴각한 뒤 노근리 굴속에서 살아남은 것이 얼마나 수치스럽게 느껴지던지……

미군은 노근리에서 피란민을 상대로 자행한 총격에 관해 구체적인 문서로 남기지 않았고, 종전 후에도 상황은 마찬가지였소. 하지만 언론통제 속에서도 노근리에서 피란민들이 미군의 총에 어떻게 처참하게 파멸해갔는지 아는 일이 완전히 불가능하지는 않았소. 살아남은 사람들의 입을 통해 퍼져나갔으니까.

으아, 자만심 상해.

김여사의 우렁찬 목소리가 식당 쪽에서 들려왔다. 그와 동시에 그녀가 벌떡 일어섰다. 남자의 말을 어디서 어떻게 자를 것인지, 아까부터 그 생각에 몰두하고 있었다. 남자에겐 간절한 얘기겠으나 그녀는 딱딱하고 각진 의자에 앉아서 재미없는 흑백영화를 억지로 보는 기분이었다. 그사이 로비에도 어둠이 내렸다. 전등을 켜기 위해 복도로 걸어간 그녀는 식당을 빠져나온 조리사가 뒷문으로 쌩하니 사라지는 걸 봤다. 뒤늦게 씩씩거리며 식당에서 나온 김여사가 그녀를 보곤 반색했다.

내일 아침에 고등어가 두 짝이나 들어온댜. 아무리 제철이라도 그렇지. 고등어라면 진저리치는 입주자들이 안 보이남. 암만해도 눈은 장식으로 달고 댕기는개벼.

조리사에게 들으라는 듯 뒷문을 향해 소리치던 김여사가 어마, 로비에 손님이 계셨네, 그러고 봉께 낯이 익은 아저씨구만요, 하고 남자에게 알은체를 했다. 그녀가 벽을 더듬어 전등 스위치를 올리자 갑자기 실내가 밝아진 탓에 눈을 씀벅이던 남자가 기어이 두 손으로 메마른 얼굴을 쓸었다.

밥 먹고 가.

김여사는 방금 화를 낸 사실조차 까먹은 양 그녀의 손을 잡아끌었다. 아저씨도 시장하겠네, 여기서 자시고 가셔요, 마침 카레가 이 인분이 남아서리, 하며 남자에게도 식당으로 가자고 말했다. 김여사의 밥 인심은 푼푼하기로 소문난 터였다. 극구 사양하던 남자는 그녀까지 나서서 권하자 정 그렇다면 물을 한잔 달라고 했다. 김여사가 따뜻한 물과 카레가 담긴 식판을 남자 앞에 먼저 놓아주었다. 그녀는 그렇게 남자와 마주앉아 저녁을 먹게 되었다. 깍두기 씹는 소리가 크게 들릴 즈음 이제는 노근리 쌍굴에 관한 기억이 점점 희미해진다오, 귀퉁이가 닳아 해진 사진처럼 말이오, 하고 입을 뗀 남자가 남은 이야기를 마저 했고 그녀는 듣는 둥

마는 둥 하며 카레를 떠 먹었다.

난데없는 전쟁 얘기를 들어주느라 그날 어찌나 고됐던지 식당에서의 기억이 그녀에겐 거의 남아 있질 않았다. 진하게 풍기던 카레 향과 두 사람이 사각사각 깍두기 씹던 소리, 주방에서 설거지하던 김여사가 배식대 사이, 둥글게 뚫린 구멍으로 고개를 빠끔히 내밀고는 이제 보니 빨갱이셨고만요, 남자에게 하던 우스갯소리만 어렴풋이 기억했다.

첫서리가 내린 날 그녀는 시니어타운으로 곧장 올라가는 지름길을 택했다. 지름길로 가려면 주차장 옆에 있는 대규모 텃밭을 가로질러야 했다. 밭둑길로 접어드니 흰 위생복을 입은 김여사가 텃밭에서 가을 상추를 따고 있었다.

벌써 출근하?

김여사의 위생복 앞자락에는 가을 상추와 당근이 소복이 쌓여 있었다. 그녀는 그 속에서 당근 하나를 집어들고 손수건에 닦은 후 깨물었다. 신선한 당근 향이 입속 가득 퍼졌다.

텃밭 꼴 좀 보소. 서리가 내리기 전에 나와본다는 게 그만……

가을 상추가 뻣뻣하여 샐러드용으로 쓸 수 있을지 모르겠다며 김여사가 투덜거렸다. 아닌 게 아니라 이름만 텃밭일 뿐 쑥대밭이 되어 있었다. 게다가 서리까지 내려 텃밭이 더욱 처량해 보였다. 김여사와 당근을 한입씩 베어 먹으며 시니어타운 뒷문으로 들어서니 휴게실이 시끌벅적했다. 티브이 채널권을 두고 입주자끼리 싸움이 붙은 모양이었다. 염병, 이라고 중얼거리던 김여사가 기차 화통 같은 소리를 빽 하고 내질렀다.

아, 그 리모컨 좀 이리 줘봐요!

시니어타운 왕언니로 불리는 602호가 남자 노인에게서 빼앗은 리모컨을 김여사에게 넘겼다. 휴게실 가운데 버티고 선 채 티브이 채널을 돌리던 김여사가 어, 하더니 움직이질 않았다. 케이블 방송에서 〈이런 인생〉이 방영되고 있었다. 턱을 치켜든 채 빨려들 듯 평면 티브이를 올려다보던 김여사는 세상 참 별일도 많네, 하며 앓는 소리를 했다. 그녀는 망부석이 된 김여사 곁에 서서 프로그램을 끝까지 지켜봤다. 〈이런 인생〉의 주인공은 바로 그 남자였다.

노근리 쌍굴에서 살아남은 남자는 서인영 모녀를 따라 인근 삼도봉으로 들어간다. 남자는 전쟁통에 부모를 잃고 살던 집마저 불탄 터라 달리 갈 곳이 없었다. 삼도봉 골짜기에서 화전을 일구며 살던 서인영의 어머니는 밥만 축내는 열네 살짜리 소년을 짐스러워한다. 서인영이 옆에 있어서 그 시기를 견뎠노라고 남자가 말했다. 그러구러 두 해를 넘긴 남자는 자신의 나이를 속인 채 동네 청년들을 따라 삼도봉을 넘는다. 춘궁기라 배가 고팠고 서인영 어머니의 눈치가 보여 그 집에 더는 눌러 있을 수 없었다. 삼도봉을 넘으면 곧장 전라북도 무주가 나온다.

1952년 3월, 동네 청년들과 지리산에 입산한 남자는 유격대에서 한 달 동안 훈련을 받은 뒤 빨치산 정찰대에 배치된다. 국군의 동태를 파악하고 결과를 보고하는 임무가 주어진 것이다. 1954년 4월, 남자가 숨어 있던 비트가 발각되면서 경찰에 체포된다. 그는 1심에서 이십 년 형을 언도받았다. 항소기각 후 상고했으나 감형되지 않아 형기를 마치고도 사회안전법으로 다시 구금되어 이십칠 년 만에 출소한다. 남자는 이 년간의 빨치산 활동으로 이십칠 년을 감옥에서 보낸 셈이다.

남자가 〈이런 인생〉에 나온 것은 그 때문이 아니었다. 마흔다섯 살이 되어 사회로 나온 남자는 대전역 앞에 있던 아버지의 아무르 양복점 터를 되찾았다. 지금 그 자리엔 상가주택이 들어서 있다. 누구는 그럽디다. 다행인 줄 알라고. 남자는 울림이 있는 깊고 둔중한 목소리로 말했다.

하지만 이게 과연 다행일까요……? 나는 말입니다. 나는…… 하필이면 그때 노근리를 지났을 뿐이고…… 배가 고팠을 뿐이에요. 돌아서서 생각하니 전쟁중에 적군이 북한군에서 국군으로 바뀌어버리면서…… 내 존재 자체가 희미해지는 것도 같았고…… 뭔가에 내 인생을 갉아먹힌 것 같긴 한데……

남자는 전쟁통에 이 년간 머물렀던 삼도봉 골짜기가 어른거려 잠을 통 못 이룬다고 했다. 더 늦기 전에 꼭 만나고 싶으니 충북 영동군 삼도봉에 살던 서인영씨의 거처를 아시는 분은 연락해달라며 남자가 울 듯한 표정으로 말했다. 클로즈업된 남자의 주름지고 검버섯이 핀 얼굴 밑으로 방송국 연락처로 짐작되는 전화번호가 굵은 자막으로 처리된 채 천천히 지나갔다.

그날 이후 행복마을엔 별다른 변화가 없었다. 그녀는 여전히 시니어타운이 자랑하는 불행의 아이콘처럼 얼굴을 찡그린 채 안내데스크에 앉아 있었고, 책임자 박은 그녀를 언제 자를지 골똘히 계산했으며, 큰 소리로 다퉜던 조리사와 주방보조 김여사는 결국 화해 모드로 돌아섰다. 다만 그녀의 내부에 미세한 균열이 생겼는데 정작 본인은 그걸 모르는 눈치였다.

질척하게 녹은 눈 위로 목화솜 같은 눈이 내리던 날 그녀는 온종일 로비에 앉아 있었다. 난방을 세게 한 터라 실내공기가 탁했고 그날따라 로비를 지나다니는 사람도 없어서 주위가 물속처럼 고요했다. 무료해진 그녀는 온라인 쇼핑몰을 드나들다가 가정용 가스 차단기를 구매했다.

왜 그랬는지 모른다.

그 제품을 보는 순간 불현듯 남자를 떠올렸고 그걸 선물하고 싶었다. 남자에게 전화를 걸었더니 저녁도 그저 얻어먹었는데 무슨 염치로 선물까지 받겠느냐며 간곡히 사양했다. 회사에서 관례적으로 하는 방문 선물이라고 둘러대자 남자가 주소를 불러주었다. 그녀가 온라인 쇼핑몰에서 구매한 가스 차단기는 제품명이 '골든 보이'였다. 그걸 가스레인지 밸브에 달면 가스불을 켠 뒤 끄는 것을 잊어도 삼십 분이 지나면 저절로 가스가 차단된다고 했다. 그녀는 배송지 주소란에 어렵게 알아낸 남자의 주소를 써넣으며 입속말로 웅얼거렸다. 골든 보이, 라고.

그날 그녀는 회사에서 고객들에게 나눠주는 방문 선물이라는 둥 없는 말까지 지어내며 남자의 주소를 집요하게 물어봤던 자신의 행동을 이해할 수 없었다. 여러분도 아시다시피 그녀는 결코 친절한 여자가 아니다. 자기가 왜 그랬는지는 그녀도 훗날에야 알게 된다.

인터뷰

누구든 자꾸 이해해버린다는 말

황예인(문학평론가)

이현수 선생님을 처음 만난 건 문학동네에 입사한 2012년 봄이었다. 선배 편집자와 함께 장편소설 『나흘』의 네이버 카페 일일 연재를 맡게 되었는데, 그만 본문의 몇 단락을 누락시킨 채 업로드하고 말았다. 조사 하나조차 함부로 수정해서는 안 된다고 엄격하게 배우던 때라 나는 내가 저지른 실수에 놀라 겁을 집어먹고 말았는데, 정작 선생님은 '이 부분이 빠졌어요' 하는 연락만 해왔을 뿐 아무런 질책도, 타박도 없었다.

회사를 나온 후 시간이 제법 흐른 뒤에도 나는 가끔 그때의 일을 생각하곤 했다. 상대방은 무언가 주었다는 걸 모를 테지만 나는 분명 내가 받은 것이 있다는 걸 알았으니까. 나이가 들어감에 따라 꺼내보게 되는 귀한 무언가를 말이다.

언젠가 선생님을 다시 만나게 되면 이 일에 대해 꼭 인사를 드리고 싶다고 생각했었는데 그게 2020년 가을 신작 소설집의 말미에 싣기 위한 인터뷰 자리가 되었다. 2013년에 입사해 『나흘』의 단행본 준비를 함께 했던 후배 편집자는 신작 소설집의 담당 편집자가 되었고, 선생님은 이렇게 '나흘 팀'이 다시 모였다고 무척 반가워했다.

거리 두기가 2.5단계로 상향되기 전인 11월 셋째 주 토요일, 우리는 상견례 장소로 유명한 한 식당에서 만났다. 선생님은 인터뷰 내내 접시를 앞으로 밀며 "좀더 적극적으로 먹어야지" 하고는 음식 권하는 일에 더 열심이었다.

*

황예인 이미 삼십 년 가까이 소설을 써오고 있기에 출발에 대해 묻는 게 너무 먼 일처럼 여겨지지만, 그래도 선생님을 만나면 꼭 이 이야기부터 나눠보고 싶었어요. 어떻게 소설을 쓰게 되었는지 말이에요. 특히 선생님은 올해로 27회를 맞이한 문학동네신인상의 첫번째 수상자이기 때문에 그 시작이 더 궁금했습니다. 지금 저에게는 익숙한 문단의 환경이 막 형성될 무렵인 만큼 선생님이 통과해온 시간에 대해 직접 들어보고 싶었어요.

이현수 작가들의 출발점을 따져보면 대부분 어릴 때부터 글을 썼을 거예요. 김천여고 다닐 때 문예반이었어요. 제가 영동에 살았잖아요. 그래서 통근 기차를 타고 학교에 다녔죠. 그때 김연수 씨네 '뉴욕제과점'이 역 옆에 있었거든요. 빵집은 거기 딱 하나였어요. 무궁화호라 연착이 잦아서 그 빵집에 앉아 단팥빵 같은 걸 먹으면서 삼십 분씩 기다렸던 거예요.

황예인 아, 두 분이 그런 인연이 있으셨네요. 자전소설 「뉴욕제과점」의 그 빵집을 직접 가보셨다니…… 그 당시에는 전혀 모르는 사이였을 텐데 뒤늦게 이렇게 연결되는 관계가 참 재미있고 신비롭네요.

이현수 그때 내가 팔아준 빵으로 자습서도 사고 하지 않았을까. (웃음) 나중에 만났을 때 그런 이야기도 나눴었죠.

황예인 그런데 대학은 의류학과에 진학하셨잖아요. 초현실주의 그룹 '아시체'에서 시작 활동도 하셨고요. 전공도, 처음 쓴 장르도 소설과는 거리가 멀어서 계기가 궁금하더라고요.

이현수 제가 대학 다닐 때는 화장품 회사들이 큰 상금을 주는 공모전을 열었거든요. 아모레는 무려 사립 대학교 한 학기 등록금을 줬어요. 분야가 18매짜리 콩트였죠. 그래서 시를 쓰다 콩트도 써보기 시작했어요. 언젠가 작가 지망생들 기를 돋워주려고 가작을 받았다고 말했는데, 실은 그게 아니라 대상을 받았을 거예요. 『향장』이라고 아모레 홍보지가 있는데 당시 조선일보 부수만큼 찍었을 거예요. 거기 콩트가 실렸고요.

황예인 어릴 때 화장품 가게에 가면 비치돼 있던 『향장』이 기억나요. 화려한 메이크업을 한 모델의 얼굴이 1면에 있어서 시선을 확 사로잡았죠. 아직도 나오는지 모르겠네요. 18매면 적은 분량인데 상금이 정말 컸군요. 그러면 다른 화장품 공모전에도 계속 도전하셨고요?

이현수 상금이 쏠쏠하잖아요. 집에 말도 안 하고 콩트 써서 상금 받고, 그걸로 파마하고 부츠도 사서 신고…… 학생 신분에 어울리지 않게 하고 다녔죠. 왜 그랬나 몰라, 지금은 후회해요. (웃음) 그다음엔 피어리스라고 아모레 다음가던 화장품 회사였는데, 여기는 매년은 아니고 몇 주년마다 기념으로 공모전을 열었어요. 그것도 제가 땄죠. (웃음) 또 그다음에는 쥬단학. 여성만 응모할 수 있고, 여성의 이야기를 쓰면 되는 거라 저에겐 쉬운 일이었어요. 그 덕분에 제가 부자였다니까요. (웃음) 그러니 그것만 했겠어요? 커피 회사인 동서식품에도 콩트를 내서 가작을 받았죠. 그랬더니 당시 심사를 활발하게 하던 이병주 선생님께서 심사평에다 이런 콩트 좀 그만 쓰고 소설을 쓰면 좋겠다고 적었더라고요. (웃음) 내가 낸 콩트를 다 본 거잖아. 그 이야길 들으니 좀 부끄럽기도 하고, 그럼 나도 시 말고 소설을 써도 되겠구나 싶었죠. 그래서 처음 쓴 게 「그 재난의 조짐은 손가락에서 시작되었다」였어요.

황예인 바로 그 작품으로 1991년 충청일보 신춘문예에 당선되신 거군요. 나름 콩트 쓰기가 시에서 소설로 가는 디딤돌이 되어준 셈이네요. 하지만 그후에도 소설가로 안착하기 위해 긴 시간을 보내셨어요. 뒤늦게 「토란, 고군분투기」(『대산문화』 2010년 가을호)를 읽고 그 기다림을 알게 되어 깜짝 놀랐습니다. 중앙에서 발행하는 신문에 한번 더 당선돼야 청탁이 올 거라는 주변의 조언에 1994년 동아일보 신춘문예에 도전했지만 최종심 탈락, 이때의 심사평을 참고하여 새로 쓴 소설로 1997년 제1회 문학동네신인상 수상, 이렇게 등단에만 육 년이 걸린 셈인데 그뒤로도 청탁이 오지 않아 지인들에게 하소연하니 마냥 기다릴 게 아니라 투고를 해야 한다고 하여 창비에 투고, 마침내 2002년 봄호에 「토란」이 실렸다고요. 이번에 새 소설집 『우리가 진심으로 엮일 때』와 함께 첫 소설집 『토란』 개정판이 함께 나오잖아요. 감회가 정말 남다르실 것 같아요.

이현수 첫 소설집이 나오기까지 문학 수업을 혼자 한 거였죠. 제가 등단이 늦어 동료 작가들에 비해 나이가 많았고 워낙 집안에만 있는 편이어서 교류가 적었기에 물정 모르고 청탁만 마냥 기다리고 있었던 거예요.

황예인 그 시기에 마음고생이 정말 심하셨을 것 같은데요. 어떻게 버티셨어요?

이현수 젊어서 가능했던 게 아닐까? (웃음) 그때가 가장 어려웠죠. 첫 책이 나오기 전까지요. 본격적으로 소설을 쓰려고 원래 하던 방송국 구성작가 일도 그만둔 상태였거든요. 게다가 기혼 여성으로 소설가의 길에 들어섰기 때문에 소설쓰기 말고도 해야 할 일들이 많았어요. 음식 솜씨가 없어서 시어머니한테 요리를 배워야 했고 두 아이들도 길러내야 했으니까요. 저에겐 많은 변화가 있던 시기였어요. 돌이켜보면 뭔가를 하는 데는 그런 시간이 반드시 필요한 것 같아요. 덕분에 알게 됐죠, 질러가는 사람이나 돌아가는 사람이나 시간은 공평하다는 걸요. 지금도 그때를 떠올리면 못할 일들이 전혀 없다고 생각해요.

황예인 그렇게 시작해서 지금까지 소설을 써오고 계신 거네요. 이번 소설집에 묶인 작품들은 2014년부터 최근까지 집필 시기에 차이가 나는데도 뚜렷한 공통점이 있더라고요. 터울이 크게 지는 인물들이 등장하고 있다는 점이요. 자식과 손자가 돈의 흐름과 인생의 법칙을 모른다고 생각하는 노인(「돈의 수사학」), 한 여성으로부터 사기를 당한 것처럼 보이는 모녀(「마리나 나의 마리나」), 비극을 체험한 노인을 관찰하는 여자(노근리 연작소설 「천사는 이렇게 탄생한다」 「우리가 진심으로 엮일 때」), 양장점부터 옷의 역사를 밟아온 늙은 여자의 이야기를 믿지 못하는 젊은 여자(「리플리 부인」) 등 세대가 확실하게 구분되는 인물들이 나옵니다.

이현수 나도 그렇게 터울이 많이 나는 인물들이 나오는 줄은 몰랐어요. 질문을 들으며 왜 그랬을까 생각해봤는데요. 『토란』과 『우리가 진심으로 엮일 때』 사이에는 거의 이십 년의 시간 차이가 있거든요. 이번에 출간을 준비하며 비교해서 읽어보니까 『토란』을 쓸 때에는 제가 인물들을 다 이해하고 있더라고요. 그러니까 악인이 그렇게 행동하는 사정을 이해해버리니까 정작 악인이라 할 수가 없는 거예요. 저는 악인을 쓰고 싶었거든요.

황예인 악인을 쓰기 위해 두 겹의 시선이 필요했다는 말씀이군요. 자꾸 이해하게 되어버리는 작가의 원래 시선을 담당하는 인물과 전혀 다른 세계에서 자라 낯선 시선으로 볼 수밖에 없는 또다른 인물이요. 그런데 작가로서 웬만하면 어떤 인물이든지 다 이해하게 되어버리는 태도는 세월의 흐름과 함께 형성된 건 아닌가요? 나이가 들어감에 따라 지난 시기를 돌아보면, 오랫동안 골몰해도 풀리지 않던 문제가 시간이 흐르면서 더이상 심각한 문제가 아니게 되어 있더라고요.

이현수 나는 맏딸이고 맏며느리예요. 언제나 맏이 노릇을 해왔던 것 같아요. 『토란』을 다시 읽어보니까 이미 그때 내가 늙어 있더라고. (웃음) 그래서 나와 상반된 시선이 필요했던 것 같아요. 부각하려는 인물을 여러 겹의 시선으로 조명하면 소설에 중심이 잡히니까요.

황예인 저는 이번 소설집에서 중편 「마리나 나의 마리나」를 특히 재미있게 읽었어요. 민자씨를 향한 모녀의 시선 차이가 재미있었거든요. 영숙씨는 처음부터 그녀를 이해하려 하죠. 민자씨가 제주에서 지인이 보내온 거라며 햇감자를 줄 때, 영숙씨는 그게 지난해에 수확한 강원도산 감자라는 걸 대번에 알아봐요. 그럼에도 민자씨를 의심하는 게 아니라 그녀의 지인 역시 속았을 거라고 헤아리죠. 반면 딸인 우희는 첫인상이 섬뜩했다며 초반부터 거리를 두고 바라보려 하고요. 함께 벌인 사업이 점차 몰락해감에 따라 이들의 시선도 달라져가는데요, 이 변화를 지켜보는 과정도 흥미로웠습니다.

이현수 이 소설을 쓰는 도중에도 작가로서 계속 갈등을 겪었어요. 어느 순간 이 인물을 자꾸 이해하게 되어버리니까요. 그래서 민자씨가 진짜 나쁜 사람인지, 그리고 모녀가 과연 속기만 한 것인지 분명하게 말하기가 어려울 거예요. 영숙씨도 보통내기가 넘거든요.

황예인 맞아요. 영숙씨가 민자씨의 머리카락을 모아서 어항 속 머리카락과 함께 국과수에 의뢰할 생각까지 하는 모습은 무척 집요해 보이더라고요. 보통 상종하기 힘든 사람이라 생각하면 끊어내면 그만일 텐데 직접 진실을 밝히려 하니까요. 또 민자씨가 국을 끓이며 날콩가루를 뿌릴 때, 악인을 대하는 작가의 태도를 생각해보게 됐는데요. 사소한 장면처럼 보이지만 악인에게 정성껏 식사 준비를 하는 모습을 부여했잖아요. 그런 점이 저에게는 이 소설을 읽을 때의 즐거운 포인트였습니다. 선생님은 어떤 악인을 그리고 싶으세요?

이현수 제가 생각하는 가장 성공적인 악인은 『양들의 침묵』의 한니발 렉터 박사예요. 식인하는 연쇄살인마이면서 아주 신사적인 태도를 가진 야누스적인 인물이죠. 이런 캐릭터를 만들다니 작가가 부러울 정도예요. 이 작품이 크게 성공하고 난 뒤 토머스 해리스의 다음 작품이 십여 년 만에 나왔거든요. 그 작품을 계약하러 갔을 때의 이야기인데, 토머스가 지금 자신은 렉터 박사와 대화중이니 조용히 해달라고 했대요. 그 정도로 자신이 만든 캐릭터에 빠져 있어야 그런 작품이 나오나봐요. 좋은 캐릭터는 작가까지 잡아먹죠.

황예인 주인공을 성장시키는 악인이라는 점에서 렉터 박사는 굉장히 잘 만든 캐릭터라는 생각이 듭니다. 그런데 왜 그렇게까지 악인에 대해 쓰고 싶으신 걸까요?

이현수 매력적이잖아요. 또 작가로서 악에 대해 써야 소설의 품이 훨씬 넓어질 수 있다고 생각하고요. 언제나 제 꿈은 악인을 쓰는 거예요. 절대 이해하지 못할 악인. (웃음)

황예인 그런데 자꾸 이해하게 되어버려서 어떡하죠. (웃음) 이번 소설집을 읽으며 선생님이 악인을 바라보는 방식 덕분에 이야기들이 조금씩 미스터리 스릴러의 성격을 띠게 되는 게 아닐까 하는 생각을 하게 됐거든요. 자식들이 돈을 물려받기 위해 거짓말을 하고 있다고 생각하는 노인(「돈의 수사학」), 앞집 여자가 처음부터 돈을 목적으로 의도적으로 접근해 결국 사기를 쳤다고 생각하는 여자(「마리나 나의 마리나」), 사장이 들려주는 이야기에 거짓말이 섞여 있을 거라 여기는 여자(「리플리 부인」) 등 이번 소설집에는

'누군가와 엮인다는 건 곧 진위를 파악하기 힘든 이야기에 속는 것이다'라는 태도를 보여주는 인물들이 등장하잖아요. 그런데 단순히 거짓말로 속이려는 사람이 있고, 이에 철저하게 속는 사람이 있다는 구도로 소설이 짜여 있다고 느껴지지는 않았어요. 믿고 싶어하는 마음이 결국 속게 만든다는 점을 보여주고 있달까요?

이현수 그 말을 들으니 제가 오해에 대해서 쓰고 있었다는 생각이 드네요. 역시 이해하지 못할 악인까지는 안 갔어…… (웃음) 그런데 나는 완전한 악은 없다고 보거든요. 선과 악은 혼재되어 있어요. 상황이나 형편이 그렇게 만들어가는 거라 생각해요. 사람마다 악해지지 않으려는 의지에 차이가 생기게 되죠. 그러니 세분화해서 악인에 대해 평가해야 해요.

황예인 보통 선과 악, 피해자와 가해자가 분명하게 구분되어 있어서 안전하다는 감각 속에서 읽게 되는 작품들이 있는데요. 「마리나 나의 마리나」나 「돈의 수사학」과 같은 이야기를 읽으면서는 계속 갈팡질팡하게 되는 거예요. '민자씨가 애초부터 나쁜 사람이었나? 아닌가?' '노인에 대한 큰딸의 판단에도 일리가 있는 건 아닐까? 누구의 말을 더 믿어야 하지?' 그런데 이런 질문들을 계속 던지면서 이야기를 끝까지 읽어나가는 경험이 저에게는 정말 좋았어요. 운동하는 느낌 같달까요? 어떤 사람에 대한 판단의 근육을 단련하는 것처럼요.

이현수 '인간은 보고 싶은 대로 본다' 이 말을 책상 앞에 붙여놓고 썼거든요. 자신의 시선에서만 보는 것, 이걸 좀 부각시켜보자고 생각했어요. 노근리 연작 두 편을 제외한 세 편을 쓸 때는 거기에 중점을 뒀던 것 같아요.

황예인 「리플리 부인」 속 주인공이 의류매장 사장의 이야기에 반응하는 태도로부터 믿고 싶은 것만 믿어버리는 인간의 속성을 엿볼 수 있었습니다. 사장의 말에 거짓이 없었음이 드러날 때 인간은 결국 헛똑똑이일 수밖에 없구나, 깨닫게 되었죠. 저도 처음에는 사장이 떠벌리는 화려한 과거가 허풍일 거라 생각했거든요.

이현수 영숙씨, 수전노 노인의 딸, 의류매장의 직원 등 대부분이 어떤 식으로든 결국 상대방을 오해하는 인물들이라 할 수 있어요.

황예인 다들 비슷한 경험을 해보지 않았을까 싶어요. 처음에는 넓은 마음으로 상대방을 바라보다가 어떤 경험과 함께 한없이 야박해지는. 마침내 속았다는 걸 알게 되면 상대방에게 배신감도 들지만, 내가 그저 믿고 싶었던 거구나 하는 생각을 하게 돼요.

이현수 이런 말 있잖아, 우리는 알면서도 속고 모르면서도 속는다, 고. 그걸 쓰고 싶었던 거예요.

황예인 장편소설 『나흘』(2013)을 통해 영동 노근리 쌍굴에서의 비극을 다루셨잖아요. 영동이 고향인 다큐멘터리 작가를 주인공 삼아 한국인 양민 삼백여 명이 사살된 역사적 사건을 탐구하셨죠. 그런데 이후 노근리 연작을 두 편 더 쓰셨어요.

이현수 미진하다고 생각했으니까요. 그래서 단편을 더 써봐야

겠다 싶었어요. 작가는 한 편만 쓰고 바로 잊지 않아요. 그럴 수가 없죠. 이미 한 작품은 내 손을 떠났지만, 또 그 이후에 자꾸 생각하게 되는 거예요. 그때 좀더 잘 쓸 수 있었을 텐데 하고요. 그 쌍굴 속에 다른 삶을 살아간 사람들이 있지 않았을까, 그 사람들의 이야기를 쓰고 싶었어요.

황예인 『나흘』에서 어떤 점이 충분하지 않다고 생각하셨어요? 저는 예상과 다르게 지루한 역사 이야기가 아니었고, 아주 생생한 인물들을 만날 수 있어서 좋았거든요.

이현수 소설에서 저는 캐릭터를 가장 중요하게 생각해요. 주인공이 내시 가문의 딸이잖아요. 내시에 대해 자료 조사를 하다보니 굉장히 흥미진진하더라고요. 그럼 푹 빠지거든요. 푹 빠지면 쓸 때 더 잘 써지고요. 그러다보니 노근리 쌍굴 이야기가 후반부에 나오는데 충분히 못 썼다는 느낌이 들었어요.

황예인 그러고 보니 『나흘』에는 내시 가문의 일상, 동학혁명, 조선왕조의 몰락과 한국전쟁까지 아주 많은 이야기가 담겨 있지요. 저는 선생님을 알게 되면서 충청북도, 전라북도, 경상북도와 모두 이어져 있는 영동이라는 지역에 대해서도 관심을 가지게 되었어요. 아마 『나흘』이 아니었더라면 노근리 쌍굴의 양민학살사건도 단편적으로 알고 지나쳐버렸을 거예요. 다루기 힘든 역사적 비극인 만큼, 쓰는 일도 쉽지 않았을 것 같은데요. 연작소설들을 쓰며 잘 풀리지 않거나 갑갑할 때는 어떻게 이겨내셨어요?

이현수 자주 걸었어요. 요즘도 걷죠. 매일은 아니고 일주일에 한 세 번 정도. 집 근처에 제가 가는 장소가 있어요. 저만의 장소죠. 그곳 나무 밑에 앉아서 소설 생각도 하고 이런저런 마음을 정리하고 돌아와요.

황예인 선생님 산책 다니시는 길이 궁금한데요.

이현수 같이 가보자, 푸른수목원이라고 우리집에서 한 십 분 정도 걸으면 나와요. 혹시 『신 기생뎐』(2005) 읽어봤어요? 그 소설의 배경이 된 곳이에요. 철로와 논밭이 펼쳐진 장소에 현대판 기생이 사는 집이 나오도록 했죠. 독자들이 올린 리뷰를 읽어보면 '서울 시내에 논밭이 어디 있어' 그러는데 거기에 있었어요. (웃음) 2013년 푸른수목원으로 바뀌면서 이제는 논밭이 조금밖에 남아 있지 않죠. 그 논밭이 굉장히 멋졌어요. 개발하면 안 된다고 구청에 항의도 하고 신문에 칼럼도 쓰고 했거든요? 그런데 안 되더라고. 지금은 물론 일반인의 눈에는 멋지게 바뀌었어요. 하지만 예전 모습이 그리워요.

황예인 철로에 논밭이라니 서울에 정말 그런 곳이 있나요? 얼른 가보고 싶은데요.

이현수 푸른수목원 안에서도 사람들이 거의 찾지 않는 저만의 비밀스러운 장소가 따로 있어요. 민낯에 모자만 쓰고 위아래는 트레이닝복, 그냥 슬리퍼 신고 가서 편하게 있는 그런 곳이에요. 거기서 소설의 많은 부분이 풀렸죠.

*

인터뷰를 마치고 선생님과 담당 편집자와 푸른수목원으로 가 한참을 걸었다. 이날이 지나면 급격히 추워질 터라 단풍이 채 지기 전 따뜻할 때 함께 와보고 싶었다며, 선생님은 소설의 배경이 된 항동철길부터 본인이 자주 찾아가 조용히 마음을 정화하고 오는 곳까지 구석구석 소개해주었다.

선생님만의 비밀 장소로 가는 동안 잘 자란 메타세쿼이아와 억새들을 지나쳤다. 한동안 말없이 비탈길을 따라 걸으니 깊은 숲속의 빈터에 노송 한 그루가 나타났다. 인적이 드문 곳에 홀로 서 있는, 의지가 되는 모양새의 나무였다. 그러자 이곳의 풍경이 소설 속 어떤 장면과 겹쳐지면서 선생님도, 또 소설 속 인물도 이 나무에 기대어 무거운 시간을 견뎌냈으리라 짐작되었다.

특유의 말맛을 지닌 작가이자 너른 마음을 지닌 어른인 선생님을 마치 완성형처럼 여기던 그때로부터 팔 년이 흘렀다. 이제 나는 2012년의 실수 대신, 이날의 만남을 종종 떠올리게 될 거라 생각했다. 그때 너그럽게 대해주셔서 감사했다는 인사에 무슨 그런 말이 다 있냐고 겸연쩍어하던 표정과 함께, 작가로서의 꿈을 오랫동안 이야기하던 모습으로. 그러니까 완성형이 아니라 진행형의 모습으로 말이다.

한 사람을 바라보는 데 여러 겹의 시선이 필요했다고 한 선생님의 말처럼, 나에게도 과거의 나와 현재의 내가 만드는 시차가 필요했던 것이다. 우리는 계속해서 이 삶을 살아가고 있는 중이니까. 이해하지 못할 악인을 쓰는 게 꿈이라고 한 선생님의 말은 나에게 인간에 대한 이해의 범위를 지금보다 더 넓혀가고 싶다는 말처럼 들렸다. 그리고 그런 인물을 그려내기 위해 새로운 방법을 찾는 과정을 거치면서 선생님만의 독특한 미스터리 스릴러가 만들어질지 모르겠다고 상상했다.

언젠가 우리가 또다시 만나 2020년의 11월을 떠올리며 또 한 겹의 시선을 가질 수 있다면. 작가로서, 또 한 사람으로서 누구든 자꾸 이해해버린다는 말이 나는 싫지 않았다.

작가의 말

쓸 때마다 느끼지만 소설처럼 길을 잃기 쉬운 장르도 없다. 소설은 길이면서 동시에 길이 아니다. 한국사회에서 글을 쓰는 일은 직업이 아니라 취미나 종교쯤으로 생각해야 된다는 말을 들었다. 그러나 지난 이십오 년 동안 글쓰는 일이 적어도 내게는 직업이었다.

나의 하루 일과를 대강 요약하면 이렇다. 읽기, 요리, 읽기 혹은 쓰기, 요리.

변화가 필요하면 방을 옮겨 그 일을 반복했다. 지지난해 겨울, 요리에 관한 산문집을 펴냈으니 동기와 다르게 결과만 보면 요리에 쓴 시간 또한 글에 투자한 것이 되어버렸다. 취미와 종교를 위해 누가 이토록 많은 시간과 에너지를 지속적으로 투입할까?

하여 글쓰는 일이 특수 형태 근로로서 직업적 기능을 하지 않더라도, 생계에 도움이 되지 않아도 이것은 엄연한 직업이다. 그러므로 문학이다. 쓸쓸함의 최고봉인 문학은 언제나 그 불안 속에서 나를 지탱해왔다.

2013년 출간한 장편소설 『나흘』을 거듭 읽어보며 쓸 때는 생각이 미처 닿지 않았던 부분이나 단상을 틈틈이 메모했고, 그게 두 편의 노근리 연작이 되었다. 책의 앞쪽에 놓인 중단편은 시대를 말해야 한다는 욕구와 그것과는 무관하게 움직이고 싶다는 내면적 갈등에 휩싸인 채로 썼다. 묶고 보니 소설집 한 권에 단편과 중편, 연작까지 고루 섞여 있다.

오래전에 작성한 계약서를 찾아내어 원고 진행 상황을 일일이 챙긴 편집자의 애정이 없었다면 이 소설집은 세상에 좀더 늦게 나왔을 것이다. 첫 소설집 『토란』 개정판과 신작을 동시에 출간하느라 일이 많은데도 수고를 아끼지 않은 사랑하는 편집자 은진씨와 책을 만드는 데 도움을 주신 예인, 숨, 지현씨에게도 감사드린다.

2020년 12월 예버덩문학의집에서
이현수

| 수록 작품 발표 지면 |

리플리 부인 …… 문장 웹진 2016년 12월
(발표 당시 제목은 '리플리 부인의 추락')

마리나 나의 마리나 …… 미발표작

돈의 수사학 …… 『대산문화』 2017년 겨울

천사는 이렇게 탄생한다 …… 웹진 비유 2020년 1월
(발표 당시 제목은 '우리가 진심으로 엮일 때')

우리가 진심으로 엮일 때 …… 문장 웹진 2014년 12월
(발표 당시 제목은 '노근리의 빛과 우울')

문학동네 소설집
우리가 진심으로 엮일 때

초판 인쇄 2020년 12월 15일
초판 발행 2020년 12월 28일

지은이 이현수
펴낸이 염현숙
책임편집 정은진 | 편집 이상술
디자인 고은이 최미영 | 마케팅 정민호 박보람 우상욱 안남영
홍보 김희숙 김상만 함유지 김현지 이소정 이미희
제작 강신은 김동욱 임현식 | 제작처 영신사

펴낸곳 (주)문학동네
출판등록 1993년 10월 22일 제406-2003-000045호
주소 10881 경기도 파주시 회동길 210
전자우편 editor@munhak.com
대표전화 031) 955-8888 | 팩스 031) 955-8855
문의전화 031) 955-3576(마케팅) 031) 955-8864(편집)
문학동네카페 http://cafe.naver.com/mhdn | 트위터 @munhakdongne
북클럽문학동네 http://bookclubmunhak.com

ISBN 978-89-546-7632-8 03810

* 이 도서의 국립중앙도서관 출판예정도서목록(CIP)은 서지정보유통지원시스템 홈페이지(http://seoji.nl.go.kr)와 국가자료종합목록 구축시스템(http://kolis-net.nl.go.kr)에서 이용하실 수 있습니다.(CIP 제어번호: CIP2020051353)
* 이 책은 서울문화재단 '2018년 창작집 발간 지원사업'의 지원을 받아 발간되었습니다.
* 잘못된 책은 구입하신 서점에서 교환해드립니다.
기타 교환 문의 031) 955-2661, 3580

www.munhak.com